櫻花寓言

さくら

◎新井一二三

[自序]

勇氣之間

新井一二三

曾在一本小說裡，我看到過這麼個一句話：不成熟的人，為了一件不重要的事情而自殺；成熟的人，為了一件不重要的事情而活下去。

如果我沒記錯，作品是沙林傑（J.D.Salinger）寫的《麥田捕手》（THE CATCHER IN THE RYE）。

當時，我搬去加拿大後不久。冬天特別寒冷的日子裡，到多倫多大學進修英語。閱讀班的中年女老師選擇的課本，就是那本美國小說。

我問過她：「您為甚麼要我們看這本書？」

她回答說：「我兒子從小不愛看書。他第一次從頭到尾看的，就是這一本」

我一開始看，也就著了迷了。小說的主人翁對環境不適應，於是離家出走。我也差不多。所不同的是，他才十幾歲，我則已經二十六。

那年的冬天，寒冷的不僅是北國的空氣，我的心也非常冷。我經常想起《麥田捕手》裡的那句話。每一次，它都給我一點勇氣。我還不知道人生的意義何在。可是，我恨不得成熟，於是要活下去。

有些人，隨著年齡，自然而然地成熟。我可不一樣。為了尋找真正的我，非得跑到很遠的地方去打滾。

青春的歲月裡，我在世界各地交了幾個很好的朋友。但是，有時候，身邊沒有朋友，連打電話都找不到。感到孤獨至極，甚至害怕自己寂寞得要發瘋。

每逢此時，我就伸手抓一本書看。不知多少次，書本安慰了我孤獨的心，溫暖了我寒冷的心，因而救了我的命。

最近在一本書裡，我看到了成熟人的兩個條件，是精神科醫生定的：第一，在社會裡找得到自己的位置；第二，感情不容易受創傷。

滿足了這兩個條件時，人已經不處於青春期了。也就是說，青春是不成熟的別名。

我寫作，沒有很大的期望。但是，如果我寫的一句話能給你一點勇氣，我會非常高興，尤其你處於青春期的時候。

[卷一]

鄉愁的理由

[卷二]

愛情冒險

[卷三]

青春日記

卷一

鄉愁的理由

さくら

聯合八〇一號班機

從東京飛往香港的聯合航空公司八〇一號班機，傍晚六點正由成田機場起飛。大約四十分鐘以後，客艙服務員推著小車過來問我：「您要喝什麼嗎？」

平時在飛機上，我只喝兩種東西。早晨喝番茄汁，過了中午喝伏特加通力。今天，我卻平生第一次要了「Sake」，即日本清酒。

空姐給我的是冰冷的「銀色月桂冠」牌清酒，在飛機上就有這一種，是我以前沒喝過的，小小的綠色球型瓶子很可愛。把酒倒在塑膠杯裡嘗一嘗，味道不錯，不很甜，讓我感到滿意。

接著，我往座位下邊的書包伸手，拿出來了剛才在成田機場買的一樣東西，淸酒是爲了陪它的。

出乎我意料之外，一打開包裝紙，就從裡面飄來了一股魚的氣味。我不禁躊躇，這股香味，如果有人誤解爲腥味，我可怎麼辦？

聯合航空公司的八〇一號班機，照樣坐滿著人。這一陣子，東京—香港的航線是特別賣座的，訂位子都不容易。我本來最喜歡坐靠通道的座位，活動自由度最高。其次是靠窗戶的位子，一邊有牆，帶來安全感。可是，今天，辦登機手續的工作人員說「都沒有了」，雖然我是在起飛之前兩個小時報到的。

於是，在飛機上，我的左右兩邊都有人。

在我右邊，靠著窗戶坐的是年紀三十上下的男性，看起來像中國北方人，有一副書生模樣。他喝著可口可樂，眼睛盯在小型電腦的屏幕上。

在我左邊，則有四十多歲的婦女，看樣子也像中國人。我叫了清酒之後，她也學我要了清酒。現在，她盯著在我面前散發著魚味的長方形物體。

這是「Bateira」，乃葡萄牙語小舟的意思。

當然，我不可能帶眞正的小舟上飛機。在我面前的「Bateira」是日本的一種傳統食品，形狀像小舟，因此叫作「小舟」。葡萄牙是日本人最早接觸的西方國家，日文裡面至今還有不少取自葡文的外來語，「Bateira」是其中之一。

今天日文的「Bateira」一詞指的是用鯖魚做的「押壽司」。跟東京式的「握壽司」不同，「押壽司」發源於關西地區，是在木頭盒子裡壓過的壽司。小舟般長方形的外表是用盒子造型的結果。吃的時候，把「Bateira」切成「握壽司」那麼大的一塊一塊。鯖魚是用鹽和醋醃過的，加壓之後，包在竹皮裡，可以放好幾個鐘頭。

我從小酷愛鯖魚、烤的、燒的，都喜歡。可是，我最愛的還是用鹽和醋醃過的，用來做壽司的那種鯖魚。

記得二十二歲時，我將第一次長期離開東京父母家，要去中國大陸留學的當天早晨，在家裡的飯桌上，我看到了那種鯖魚，是媽媽特意爲我準備的。然而，我心裡太緊張，根本沒有胃口，辜負了媽媽的好意。後來我在中國的兩年裡，連一次都吃不到鯖魚，不知多少次夢見了那天早上給我浪費的鯖魚。

如今我生活在香港，有得是日本食品店，買鯖魚不是大問題。不過，地道的「Bateira」，還是只能在日本買到。成田機場有家連鎖性的關西壽司店叫「京樽」，外賣各種「押壽司」，其中有「Bateira」，一條五百五十塊日圓，價錢很合理。

今天下午，我在成田機場的「京樽」，第一次買了一條「Bateira」，準備在飛機上邊喝清酒邊吃。

傍晚六點鐘起飛的聯合八〇一號班機，我已經坐過好幾次了，在東京—香港之間來回飛。聯合公司的票價算比較便宜，在不能向任何人報銷的情況下，我自然很喜歡坐聯合班機。

只可惜，美國航空公司提供的晚餐不可能非常好吃。相比之下，有一次我坐華航從台北飛往東京羽田機場時吃到的鰻魚飯，實在美味得令人難忘。當然，我不會專門爲了吃鰻魚飯，特意繞個圈兒，經由台北回香港。

如果是早餐或午餐，我也不是這麼計較的。下了飛機以後再吃別的，好吃的東西就行。可是，晚餐乃是一日最後一頓飯，假如吃得不好，晚上無法做美夢了。何況，在回香港的飛機上吃的晚餐，是我這次回國之行的最後一頓飯。

身上帶著一條小舟形的「Bateira」，我心裡踏實得多了。先喝著清酒吃鯖魚壽司，肚子半飽，之後再看看今晚聯合航空公司提供的是什麼樣的飯菜，吃也好，不吃也好……我本來是這樣打算的。

未料，「Bateira」散發的氣味眞大。我扔掉了外邊的包裝紙，先讓它躺在小桌上，一時不敢動手打開相當於「Bateira」內衣的竹皮。

我知道，在公共空間，不應該以任何方式打擾別人。飛機上不僅不例外，而且由於是密室，臭氣跟噪音一樣造成令人討厭的、非常嚴重的公害。

問題是，鯖魚的氣味到底香呢，還是臭呢？

這顯然是屬於文化領域的問題了。從小吃著鯖魚壽司長大的日本人，大概都認爲，鯖魚的氣味是香的。可是，不知道「Bateira」之所以然的外國人，也許無法接受它散發的腥味，尤其在公共密室裡。

我偷偷地看左右兩邊的乘客，他們都保持著沈默，起碼沒有生鯖魚的氣而向我提出抗議。

不知怎地，我向來不大會跟陌生人講話，特別在飛機上，我不習慣跟旁邊座位的人聊天，大部分時候看書或睡覺，有迴避別人眼光的目的。

所以，在我左右的兩位乘客究竟是日本人還是中國人，實際上，我也沒能力確定。既然坐飛往香港的班機，很可能是回家之路上的香港人吧！

如今，不少香港人愛吃壽司。但僅僅幾年前，在很多人看來，壽司還是很「噁心」的東西。

北美洲的情形也差不多。記得一九八〇年代末在多倫多，有一次我請了些洋朋友到家裡來吃壽司。當時在加拿大找生魚比現在的香港困難得多，價錢也不便宜。我跑了幾家商店，好不容易準備好了材料，之後，再花好幾個鐘頭的時間，自己弄米飯、切魚片等等。總的來說，那是個好大的工程，我下的工夫眞不小。

然而，洋朋友們的反應沒有我期待的那麼熱烈。有個別的優皮氏知道壽司是在紐約曼哈頓很流行的高等次低熱量食品，爲了表示自己有水平，讚不絕口。至於其他土包子，根本不懂壽司是怎麼回事，他們要麼閉著嘴巴既不吃又不談，或者乾脆大聲說：「生魚？是人吃的嗎？眞噁心！」

無論對誰來講，從小吃著長大的家鄉菜，是很寶貴的記憶所在地。當外人愛吃我們的家鄉菜時，我們都感到很高興。相反地，當外人否決甚至污衊我們的家鄉菜時，對心靈的傷害會非常大，好比別人隨便罵了我們的母親一樣。

做田野調查的文化人類學家，是面對什麼樣的食品，都得吃下的。因爲不吃人家的菜，等於不尊敬人家的文化，故此不禮貌至極。那些加拿大土包子不是文化人類學家，更不是來我家做田野調查的，但還是夠不禮貌的了。

儘管如此，我也能理解有些外國人覺得吃生魚很噁心。在他們的文化裡，生魚是不能吃的。再說，用手抓米飯做的壽司，給人以不乾淨的感覺。當初，北美城市開始有壽司店的時候，廚師都戴著塑料手套，爲了保證製造過程之衛生。當然，塑料手套不一定比廚師的手衛生。可是，問題始終是給人的「感覺」。

我認爲，這幾年壽司在全球大城市的流行，跟日本經濟的發達有直接的關係。如果今天的日本還是個第三世界國家，壽司恐怕仍然被看爲是原始、野蠻、噁心的食品，大家不敢吃。

話歸正傳。在我兩邊的乘客，對「Bateira」沒有提出抗議，沒喊出「噁心」來，連皺眉都沒有，使我鬆了一口氣。畢竟，他們不是我請來的客人，而是自己出錢坐飛機的。如果覺得「Bateira」的氣味或樣子構成公害，他們有權讓我把它收起來。

我孤陋寡聞沒聽說過航空公司禁止乘客在客艙裡吃自己帶來的食品。但我知道，在飛機上不能抽雪茄煙，因爲味道很大。另外，一些有臭味的東西，如榴槤，也是不可帶上飛機的。即使人們對生魚沒有偏見，只要對鯖魚壽司在密室裡散發的氣味有意見，按道理，航空公司就不允許我在座位上慢慢吃「Bateira」了。

我終於打開了包著「Bateira」的竹皮，也撕開了裝著醬油的小塑料袋，一滴一滴地滴在銀色的鯖魚皮上，心中很感激左右兩邊的乘客所表現出來的寬容。

老實說，我今天第一次帶著鯖魚壽司上飛機，不僅因爲對美國航空公司提供的晚餐沒信心，而且是另有原因的。

最近我常坐聯合班機，在東京—香港兩地之間來回飛，是我的另一半在東京住的緣故。他是從小吃著「Bateira」長大的關西人。

他告訴我說，在大阪，「Bateira」是老百姓在稍微特別的場合吃的食品。他小時候，星期日，父母帶孩子出去玩，在回家的路上買幾條鯖魚押壽司，雖然不是很高級的菜，但又不是家常便飯，一家幾口子，買「Bateira」帶回家一起吃，讓小朋友感到興奮，也給做父母的帶來幸福。有些食品能起這樣魔法般的作用。

我跟另一半，有幾次講到過「Bateira」。他有他的回憶，我有我對鯖魚的偏愛。可是，我們從來沒有一起吃過「Bateira」。當我們在香港時，沒有的賣，當我們在東京時，有太多別的選擇。

今天下午，在開往成田的火車上，我想到了，好像在機場大樓裡有賣「Bateira」。不同於一般的壽司，關西式的押壽司是可以放好久的，也就是可以當「便當」吃的。在成田買了之後，等飛機起飛再慢慢吃，有如能拖長我在東京跟他在一起的時間，只少在感覺上。

辦完登機手續後，我們去了「京樽」。站在外賣部的櫃台前邊，他說了：「你買一條，我也要買一條『Bateira』拿回家吃。」

那差不多是兩個鐘頭以前的事了，現在他大概已經回到了家，正在打開「Bateira」的竹皮內衣都說不定。我在聯合八〇一班機上，離開東京已有上千公里了。在我面前的「Bateira」，剛脫下了衣服，乖乖地躺著。

在我右邊，書生模樣的男人還是盯著電腦的屏幕。我忽然發覺，他看的是劉德華的卡拉OK，用耳機聽著音樂。到底什麼樣的男人才在飛機上用電腦學劉德華的歌，在我想像力之外。不過，到底什麼樣的女人才在飛機上邊喝冰冷的清酒邊吃包在竹皮裡的鯖魚押壽司，恐怕也在他想像力之外吧！

至於坐在我左邊的中年婦女，還是慢慢喝著清酒，偶爾把視線轉往在我面前的「Bateira」。她始終沒有開口說話，讓我安靜地完成了一個人的晚餐。

雖說是一個人，在我腦子裡一直有跟我同時吃著「Bateira」的另一個人。

雖說是一個人，其實我坐在兩個陌生人中間。

雖說是一個人，實際上我身在公開的密室裡，進行了很私人的一次晚餐。

「夜逃」的朋友

日文有個詞兒叫「夜逃」，是還不起債，乘夜逃跑的意思。小時候，每逢年底年初，便聽到夜逃的故事，因爲那是還債的季節。日文也有個詞兒叫「厄年」，指虛歲四十二的男人運氣往往不好。我爸爸四十二歲那年特別緊張，去了好幾個寺廟神社拜佛拜神，祈求保佑。不過，在我身邊發生厄年男人夜逃的事件，這回倒是第一次。

年底一個下午，我接到了朋友R先生來電。他年紀四十出頭，是在中港兩地有事業的日本老闆。

「你要不要CD音響組合和微波爐？」他開門見山地問我。

「要。」我毫不猶豫地回答。

「那麼，你現在馬上來我家取，好不好？我是今晚就要離開這個房子的。」

「怎麼回事？你走？去哪裡？」

「我不方便現在告訴你，見面再說了。」R先生匆匆掛上了電話。

當初我想到的是女人。他和太太分居已經差不多兩年了，單身漢在香港交上了女朋友，想同居也並不奇怪。但是，見面之後，R先生卻跟我說，他其實是要夜逃的。

「公司的負債太多，我實在沒辦法。昨天正好有個老朋友從遠處打電話過來說，我去他家待一段時間是沒有問題的。於是，今天一早我就訂了飛機票，晚上要離開香港了。」

「那麼你公司呢？你家庭呢？」我不禁吃驚。

「公司的事情，也許過些時候我還要回來處理，不能光通電話而淸盤辦了好幾年的公司吧！家庭的事，我已經給我太太寫了一封長信，準備從機場寄出去，她恐怕不會理解我的決定，她會以爲我發瘋了。」

兩年前，太太孩子們回日本以後，R先生一直自個兒住在帶家具的小公寓。床、桌椅都是房東的，電視機和錄像機已經用了好多年，丟了也不覺得可惜。CD音響組合、微波爐和烤箱，他要送給我。另外我也拿了冰箱裡的一些食品。本來還有洗衣機，但我的房子太小，沒有地方放。

R先生自己就帶兩個皮箱走。這樣，一個人的生活處理好了。我不能不覺得有點太容易。他看來眞沒錢的樣子，問我能不能幫他換幾百塊人民幣。我當然願意。如果早知道他的經濟情況這麼糟糕，幾個星期以前我是不會要求他帶我去吃很貴的日本菜的。不過，現在感到慚愧已經太晚了。

我們帶CD音響組合、微波爐和烤箱下電梯，的士司機問我是不是在搬家。我不知道該怎樣回答才對。夜逃算不算搬家呢？

R先生送東西到我的房子，看到沙發床便說：「假如我空手回到香港來，可不可以在你的沙發睡一個晚上？」

我和他本來並不是非常熟的朋友，可是，當他夜逃之際，不方便跟同行或家人打招呼，不僅僅怕丟臉，而且不想拖累他們，於是我成了這次夜逃唯一的目擊者。有一天他回來，不管是三個星期，三個月，還是三年以後，只要我人在香港，一定是給他借一夜之宿的。

「說不定你很快就回來，是不是？如果身無分文，回日本倒不如回香港呢！」我跟他說，我眞有一點覺得他只是去長期的旅遊而已。

「情況可以說沒那麼糟糕。我的人壽保險就夠付清所有的債。」R先生很嚴肅地說。把他送走了以後，我一個人在房間裡喝了一罐啤酒，還不大敢相信我認識的人竟會這樣夜逃。R先生訂的是晚上的飛機，是名副其實的夜逃。

當晚十點多，我的電話響起，一接就是R先生的聲音。

「怎麼了？你在哪裡？」我覺得實在莫名其妙。

「又在家了。到了啓德機場，航空公司的人告訴我，拿日本護照去X國，是要簽證的。我沒有嘛，只好明天去領事館辦。還好，後天晚上的班機，訂到了座位。哎呀，冰箱都給你搜得空盪盪，我家裡沒有東西吃了。」他說著嘆口氣。

「我也沒想到你這麼快就回家呀！你眞是厄年，想夜逃都遇到這麼多麻煩。但是有人說，逢厄年的人旅遊搬家就可以改善壞運氣。你這樣多跑一趟機場也不錯呀！」說著，我覺得無可奈何。

文化「雜種」

「跟你在一起，我幾乎忘記了你是日本人。」曾經有很多中國朋友跟我說。一個外國人在中國大陸生活，非學普通話不可，我自然也會講了。再說，中國人跟日本人本來就長得差不多，都是黑眼睛、黑頭髮、黃皮膚。何況中國本身那麼大，北方人跟南方人簡直是兩個不同的民族。所以，如果我要冒充中國人的話，應該沒有多大困難。

不過，我們屬於某一種民族，不僅基於語言和長相。「血統」這個東西不大有科學根據，更重要的大概是「文化」。

我父母都是日本人，我從小受日本教育長大。我的文化背景肯定是「日本人」的了。學會了中國話，了解了中國文化，並不等於我丟掉了日本文化。

所以，每次有中國朋友說「你跟中國人一樣」時，其實我心裡不很好受。因爲我知道在骨髓裡，我永遠是日本人。

麻煩的是，連日本人都開始跟我說「你不是日本人」。回到東京老家，我母親和妹妹半開玩笑地把我叫作「我們家裡的外國人」。好了，好了，我不是純粹的日本人了。

但是，如果日本人說我是外國人，那麼我倒應是什麼人呢？

後來移民到多倫多去，我有幾年非常努力要做加拿大人。學會加拿大口音的英文，天天吃加拿大口味的西餐，跟土生加拿大人來往，結果我變成了加拿大人嗎？

沒有。人家至多把我當作「同化成功的移民」。我越來越不明白我爲什麼要被同化？能夠跟其他背景的加拿大人和平共處不就是可以了嗎？在多倫多，最後的幾年，我來往最多的是歐洲移民，有德國人、捷克人、法國人等等。他們都默默地保持自己的語言文化生活習慣，只是在社會上按照加拿大的規則玩各種遊戲罷了。那些人很理解我也有自己的文化背景，不一定明白，但一定接受。

在多倫多，我也有不少中國朋友。中國移民保持自己的生活習慣，其他民族絕對比不上。去他們家裡，一定能吃到中國菜，能聽到中國音樂，講的又全是中國話了，於是讓我有「回家」的感覺。我有點像父母親重複地結婚、離婚的孩子，還記得出生在哪一個家，但後來也有了一些家。中國文化的環境對我來說亦是家園。

不過，當那些中國朋友來我家，一定會說：「沒想到你這麼西化。」因爲我愛喝咖啡。只是，西方朋友來我家發現我早上吃稀飯時，一樣吃驚地說：「沒想到你還這麼東方化。」

語言跟文化的關係很深，但不完全一致。人可以過雙語生活。那麼，有沒有「雙文化生活」這種東西？我交西方男朋友的時候，盡量把生活西化；早上不吃稀飯無所謂，晚上偶然帶人家去有「異國情調」的日本、中國餐館，默默地嘗到「回家」的味道就可以了。未料，當我在家裡用日文或中文接電話的時候，男朋友難免感到「異化」，好像我一個人跑到另一個世界似的。因爲西方人不能分日文和中文，他都不知道我到底跑到哪一個世界。

「會講幾種語言的人，腦袋裡是什麼樣子的？」一個日本朋友問我。

「好比腦裡有幾個世界，有些地方重疊，其他地方不重疊。有人只在一個世界裡跟我接觸，有人在兩個世界重疊的地方跟我交往，我自己生活在三個世界重疊的角落。那裡的人口不多，所以我有時候感到孤獨。」我說。

我曾經以爲，會講的語言越多，能交的朋友越多。這一方面是眞的，另一方面卻不一定。好比換了好幾次小學的孩子，同學的總數當然很多了，可是他會有幾個眞正要好的朋友呢？也許，有過類似經驗的孩子才能理解他的感受。

幸虧在香港有不少人在幾個世界重疊的地方生活。講英語的香港人，學廣東話的北方人，還有像我這樣的外國人。香港的文化環境不純，但有「雜種」的生命力，所以我在香港才感覺到孤獨得舒服。

一百天的聾子

一個日本朋友今年初來香港，在一家洋行做事。老闆是洋人，工作上講的全是英語。不久她發現，光說英語，沒法打進香港人的生活圈子裡，但她又不甘心過假洋鬼子的生活。於是，她開始學中國話，買來的卻是普通話的課本和錄音帶。

「你爲什麼不學廣東話呢？」我問她。

「我知道香港人講的是廣東話。可是，每一個朋友都告訴我：『你第一次學習中國話，還是應該學普通話。』我自己也認爲，哪裡有一個外國人在日本，沒學東京標準話以前就學大阪話的？」她說。

現在她天天聽錄音帶自修普通話，如今已學到第五課，唯一不幸的是很少有機會實地練習。在她打進香港人的生活圈子之前，恐怕還要走一段曲折的路。

「廣東話只是中國的方言。你在香港住半年，自然能聽懂廣東話。」我剛來香港時，很多人跟我這麼說。所以，我很乖，很耐心地等待「自然」能聽懂廣東話的一天。只是，我在香港已住滿了一百天，還很少能聽懂廣東話。坐在電視機前邊，我仍然像個聾子。跟愛吃愛談的香港朋友們一塊兒上酒樓「飲茶」，我只能參加「愛吃」的一部分。光從健美的角度來說，效果已經很消極，因爲他們吃的時候我也吃，他們談的時候我也只能吃。

廣東話是香港的通用語言，是中國的一種方言；但是有學者說，中國的北方話和廣東話之間的距離，就好比德語和義大利語那麼遠。我認爲也是這樣。

「中國有許多方言，但文字都是一樣的，只是發音不同而已。」經常有人這樣反駁我。但我沒法同意。

剛來香港後不久，我買了一份廣東話刊物回家。一打開就發現，一篇文章裡面有好多好多的「蚊」在飛。香港屬於亞熱帶，有蚊子我不吃驚。可是，那篇文章談的是幾千、幾萬個「蚊」！好一會兒，我才明白，廣東話的「蚊」字，指的不是「蚊子」，而是一塊錢、兩塊錢的「塊」。

近幾年，在北京等大陸城市，很流行學廣東話。因爲香港通用廣東話，因而有商業價値。在日本，香港電影迷認爲廣東話很「酷」（Cool），紛紛上學校學習，這些現象已經是「舊聞」了。可是，到了香港，雖然街上到處都有「英文幼稚園」、「普通話速修班」、「商業日語班」等等，卻幾乎看不到「廣東話班」的招牌。香港有幾十萬外國人居住，難道沒有「廣東話班」的市場？

我問從外地來香港的朋友們，他們是怎樣學廣東話的？

從大陸來香港的人，尤其剛開始的幾年打過苦工的人，大部分屬於「自然派」。跟香港人在一起，聽他們說話，在家裡多看電視，也看廣東話的報刊，他們就「自然地」學會了廣東話。

至於外國人，除了個別的人有上中文大學語言中心苦學廣東話的經驗外，大多數人乾脆說：「我從來沒學過廣東話。在香港生活，不一定需要廣東話。」

「值得交朋友的香港人都會說英語，」一個在香港住了三十年的日本人說。「當初我沒有學廣東話，是因爲跟我有來往的中國人全是上海的上流家庭出身，能操流利的英語。在我的生活當中，唯一講廣東話的是當地的女工，我當然不會跟女工學習。如今，連女工都是講英語的菲律賓人了。」

一個西方「中國通」則說：「在香港，工作全可以用英語進行。至於交朋友，受過教育、有文化的中國人都會講普通話。跟沒有文化、沒有修養的人打交道是浪費時間，所以我從來不學廣東話。」

看來，在香港，有些日本人生活在「假西方」，有些西方人生活在「假中國」的幻想裡。在現實生活中，他們經常碰到不方便、不愉快的事情而發脾氣，這只能說是咎由自取。有一天，「中國通」家裡的電器發生故障需要修理，他用英語打了好幾個電話，都沒能解決問題，「因爲他們的英語太差！」我勸他找個香港朋友幫幫忙，他發更大的脾氣說：「我哪裡有香港朋友！」

英語不是香港人的生活語言，只是商業活動所需要的「便利語言」而已。哪怕再加上普通話，想真正接觸香港社會，仍然像隔靴搔癢。這是我在香港做了一百天「聾子」以後的結論。

「可是，」一個台灣來的同行說，「香港人現在都要學普通話了。過了三年不就是『九七』了嗎？那個時候在香港工作，你可以全講國語了。」

我還是要學廣東話。前些時，幾個日本朋友帶我去尖沙咀一家卡拉ＯＫ，那裡光是中文歌曲就有廣東歌、國語歌、台語歌。朋友全是日本的「香港發燒友」，看過好幾百部香港電影，都會唱香港流行歌曲，有兩個人還會唱台語歌。而我呢？只會唱國語歌。

每當此時我心裡很難受，除了羨慕他們之外，還覺得自己老土，像個「表妹」。我也想唱香港歌，想說廣東話，所以，除了去買香港歌曲的ＣＤ以外，還是多跟愛吃愛談的香港朋友們去「飲茶」好——哪怕我再胖幾公斤，這應該算是「學費」吧！

日本遊客在香港

有一個晚上在山頂，我碰到了一個日本旅遊團和香港導遊先生。正好我走過他們的時候，那位香港導遊打開嗓門，大聲用不怎麼流利的日語跟遊客們說話。

「現在請大家自由地欣賞聞名於世的香港夜景。時間需要多少？大概半個鐘頭就差不多吧！」接著，他又說：「看完了夜景以後，你們能自己回飯店嗎？」

沒有人回答。這旅遊團，看來大部分人是從日本鄉下來的中年人和老年人，恐怕是第一次申請護照出國，根本不會講英語，更不用說廣東話了。因此，被導遊問：「自己能回飯店嗎？」他們一個一個地戰戰兢兢，很擔心真的被導遊丟了怎麼辦？

當然，那導遊只是要欺負他們一下而已。看到日本遊客恐懼的表情，便很滿意地說：「你們不知道怎麼樣回飯店？那麼，我也沒辦法了。好，半個鐘頭以後，大家就在這裡集合！」於是，遊客們才鬆了一口氣，一個一個地拿著相機，一批又一批地去看夜景了。

我不知道香港有多少這樣的「壞導遊」，但我知道香港有不少像羊一樣溫馴的日本遊客。又有一天下午，我走過中環一家法國名牌手袋店，外面看到好幾個日本遊客排隊等著入店。我走過去看在門口放著的牌子，用日文寫：「現在店裡很擁擠，請各位客戶等候。」往裡面看，正忙於購買名牌手袋的全是日本遊客。我再看外面等候的幾個人：全是鄉下來的中年人、老年人。我實在看不出他們跟法國名牌手袋到底有什麼相干。

其實，他們是很柔順地在扮演「海外日本遊客」的角色。他們聽說過，或在電視上看過，去海外的人都買法國名牌，所以覺得自己也應該買，更何況香港有「購物天堂」的外號！奇怪的是，這些遊客看來不像是很有錢的人。那些老太太們，假如在家鄉，絕不會這樣花錢。反而，爲了要買一百克二百日圓的肉，還是要買一百克二百二十圓的肉，會考慮半天的。

來香港買名牌商品的不僅僅是鄉下老太太。前些時有個朋友從東京來，她是某研究所的高級研究員，曾經在美國留學兩年，拿了個碩士學位。「你問我來香港要做什麼？當然買東西了！」她說。第一天她就拿張地圖，去銅鑼灣、金鐘、中環、尖沙咀等地進行調查。

「你知道香港總共有幾家 Louis Vuitton 分店？」她當天晚上回來便問我。

「我連一個都不知道。」我說。

「有五家，而且每一個分店的貨色都稍微不同呢！」果然她調查的成就不少。

於是第二天她回到兩、三個分店，一個下午就花了三萬多塊錢港幣。

「在日本，不是大家都已經有 Louis Vuitton 嗎？你不嫌它太普及？」我問她。

「所以，我把運動鞋放在裡面，帶到健身房去的。把名牌不當名牌隨便用，這樣才有氣派，這才叫作『酷』呢！」她說。

在香港，我幾乎每一兩個星期見到一兩個日本來的朋友。大家的活動方式基本上都一樣：去名牌商店購物，去「中國式健美」、「中國式按摩」等地方，晚上則去高級餐廳吃海鮮。總而言之，大家都來香港花錢。那麼觀光呢？

「觀光？我已經來過香港八次呀！什麼山頂、淺水灣、海洋公園、宋城，我都早就去過了。有沒有最近半年才建築的觀光景點？」上個星期來的一個朋友說。她們跟我在山頂上看過的那些遊客不同，會說英語，沒有導遊也可以自己回飯店。這些朋友非常喜歡香港；除了太古廣場、時代廣場以外，她們也逛街市，在廟街大牌檔吃東西。但，這又不等於說她們了解香港；來八次也不認識一個香港人，也不知道香港人的平均收入有多少。雖然她們已經不觀光，基本上還是遊客，或者說是「購物客」。

二十年前，跟著打小旗的導遊神速跑各地的日本旅遊團成了西方人的笑柄。今天，在香港報紙上有很多很多同樣形式的旅遊團的廣告。最近也有報導說：東京已經出現一批香港遊客瘋狂地購買比香港還要便宜的一些東西。這樣一來，我不大清楚日本遊客的活動方式，到底是日本文化所導致；還是一旦有了錢，大家都變成日本式的「暴發戶遊客」？

人在他鄉

一位香港朋友去東京出差，住在銀座一家大飯店。白天一直有人陪他，但，早飯和夜宵他需要自己解決。有一天早上，他去飯店的咖啡廳，問服務員「有沒有水果沙拉？」他用的是英語，可是對方沒有反應（日本眞落後！連大飯店的工作人員都聽不懂英語！）。他只好默默地吃火腿煎雞蛋。同一天晚上，工作結束回來的路上，他在飯店附近看到了水果店。我這位朋友並不是計較的人，只是想吃橙子而已。於是他拿了兩個「新奇」，價錢是七百塊日圓（五十六塊港幣！日本的東西貴得不像話……）。

前幾天晚上我給他打個長途。十點半，他自個兒在房間裡看電視。

「你怎麼不出去走一走呢？」我問他。

「不行。語言不通嘛！什麼事都做不到。」平時在香港自由自在的他，一到他鄉就很不自如。

人在異鄉感到各種不方便，其實是很自然的。我每次搬到新的國家、新的城市，總是感覺好像自己成了個嬰兒，連最簡單的事都不會。

記得一九八四年到北京留學，有一天在王府井大街，我想到需要買衛生紙。可是，去了百貨店、藥房、文具店，都沒有衛生紙賣。我無可奈何，問了個路人：「哪裡有賣衛生紙？」他很熱心，帶我去了一家我經過了好幾次的商店──是「副食品商店」！

後來搬到多倫多，還是語言不通，風俗習慣不同，面對各種困難。這回找不到的是燈泡。在日本、中國，燈泡是在電器店買的。可是，加拿大的電器店專門賣家用電器，不賣燈泡。我問了一個加拿大朋友：「哪裡有賣燈泡？」他很不以爲然，回答說：「到處都有嘛！」到處？是不是除了電器店以外「到處」都賣燈泡？經過兩天的調查，我才得知：在加拿大，燈泡是在五金店買的，而且五金店是到處都有的。

去年春天來到香港，我重新要做嬰兒了。對香港人來說理所當然的常識，我統統都沒有。當初我最不理解的是香港的電插口。在以往我住過的地方（日本、中國、加拿大），電器品的插頭都可以直接插進牆上的插口去，在香港卻不可以。我問了幾個香港朋友怎麼回事？他們都說：「應該沒問題吧？」後來我去別人家仔細觀察他們怎樣解決這個問題。果然，在香港，插頭和插口之間存在方型的「第三者」。

買東西也是個問題。比如說，電腦用的磁片。在加拿大，我總是在文具店買磁片。香港的文具店沒有，應該去哪裡找呢？「當然是電腦行啦！」香港朋友說。我問他：「那麼傳眞紙呢？是不是也在電腦行買？」他好像以爲我笨得不可救藥，「傳眞紙當然在文具店啦！」

所以我喜歡超級市場。在那裡，同時可以買到各種東西；也就是說，同時可以解決很多問題。再說，不會講廣東話也不怕！同樣道理，剛到香港不知道去哪裡吃飯好的時候，我是麥當勞最忠誠的顧客。我對它的程序、菜單，非常熟悉，信心十足。不管在香港、還是在北京、東京、多倫多、紐約、倫敦、維也納、布拉格，麥當勞永遠是麥當勞，絕對不會讓我感到文化震盪。

這一年，我的廣東話進步得很慢。然而，日常生活中的大部分問題可以解決了，主要靠的是「膽子」。我的廣東話不行，那麼講普通話了。還是不行，那麼講英文了。還是不行，那麼指手畫腳，或者筆談了！

在他鄉生活，眞需要有天大的膽子，問題是有時候我的膽子忽而縮小。最近我牙齒發痛，不能打開嘴巴。一想到牙醫，我馬上變成可憐的膽小鬼，只好託朋友約牙醫，看完之後再請朋友問醫生病情等等。我深深體會，作爲外國人在異鄉過日子首先需要健康，然後才可以有膽子。

至於出差在東京的香港朋友，我很同情他的不方便、他的不安、他的孤獨。我只好這樣安慰他：「幸虧你不用在日本看牙醫。」

日本人價錢

我準備春節前後回東京，想順路在台北待幾天。我在台灣沒有熟人，只好住飯店。於是前幾天，我赴尖沙咀一家旅行社，打聽打聽有沒有符合我預算的飯店。

「有啊！只是有一個條件。」

「什麼條件？」

「你到這飯店辦住宿登記的時候，千萬不可把日本護照拿出來。」

「為什麼？是不讓日本人住的嗎？」

「不是。他們一知道你是日本人，一個晚上的房價就要貴一百五十塊港幣了。」

我吃驚得閉不上嘴巴。可是，根據這位小姐說，跟日本遊客要高價，在旅遊業裡頭算是很正常的情況。她說，九龍某一家飯店，日本人價錢比普通價錢竟要貴四百塊錢！難怪，來香港的日本朋友一個一個地向我訴苦說：香港飯店的房價貴得要日本人的命。

做日本人實在不合算，我今後去外地旅遊再也不做日本人了。其實在香港，我都經常不做日本人，尤其是坐計程車的時候。

香港計程車的司機，無疑比十年前文明得多了。以前我遇到過堅持不用計程錶而隨便要錢的司機，那種明顯野蠻的作法現在已經不見了。只是，有些司機卻學會了更聰明的手段。

我上計程車，盡量用廣東話告訴司機要去哪裡。但我的廣東話畢竟說得不標準，司機馬上知道我不是香港人。

「你係邊度人啊？」他仰看著後視鏡問我。剛來香港時，我曾老老實實地回答說：「我係日本人。」眞神祕，每次我這樣回答以後，計程錶突然開始迅速走。本來應該是五、六十塊錢的車費，像魔術般變成一百塊錢。

不管我多麼笨，猜到這種魔術的底兒是太容易的。所以，我在香港的計程車上，早就不做日本人了。有時候我是新加坡人，其他時候則是台灣人。

我也知道，騙外地佬是全世界計程車界的常識。在倫敦、巴黎，我都受過計程車司機的騙，更不用說北京、深圳了。

騙日本人的錢確實很容易。一方面，他們（不包括像我這樣在海外工作的人）比較有錢；另一方面，他們一般對外國的情況相當無知。恐怕，更重要的是，當他們發現受騙時，很少提出抗議來，這跟我們從小接受的家教有關係。很多日本人認爲談錢是下賤的事情，在日本沒有討價還價的習慣，我們沒受過談錢的訓練。所以，當被別人騙錢而心裡不高興的時候，我們也不知道怎樣去談這件事。這可以說是一種心理障礙。結果，寧願默默受氣，也不去爲錢吵架。日本式阿Q精神勝利法是：在看不起騙子的同時，以自己高尚的人格驕傲。

日本人做工作時也盡量迴避談錢。我跟香港或外國公司做事情，一定要先談好報酬的問題。跟日本公司打交道，就完全不一樣了。去年底我給一家日本出版社做的工作，需要四個星期才完成。可是，從頭到尾連一次都沒有談過價錢。「你不怕受騙嗎？」一個香港朋友問我。「不怕呀！每一次跟每一家公司都是這樣子。而且最後我收到的錢，跟我原來想像的差不遠。」我回答。這就是日本人所說的「以心傳心（心領神會）」，雖然誰也不開口說出來，大家心裡有的數卻完全一致。

當然，這種作法只在一個小小的島國內行得通。在廣大世界，在香港這樣人吃人（或人吃鬼）的地方，大家都應該懂得怎樣保護自己的利益。所以，我在香港的計程車上要裝作台灣人，在台灣的飯店則要把香港身分證拿出來，這叫作「以華抵華」。

未料，那位旅行社的小姐告訴我：「九龍那家跟日本人多要四百塊錢的酒店，是日本人開的呀！」果然，香港是鬼吃鬼的地方！

晚上的便利商店

有人說，在北美大城市，最有可能邂逅夢中情人的地方是便利店。單身生活的男女，下班回家以後發現，冰箱裡沒有東西吃，於是走路到附近的便利店去，我手裡有意粉，你手裡有麵包，在收款台前邊，我讓你，你讓我。很自然地搭訕起來，不知不覺地墮入愛河。

很有大都會的味道。可是，這樣的情節，實際上只在影片裡發生，在現實當中，我從來沒見過一個人是在便利店裡找到對象的。畢竟，北美大城市的治安普遍惡劣，誰敢跟陌生人發展感情？

相比之下，香港的治安好得多。我剛搬過來住在北角時很吃驚，在香港的便利店，晚上過了十二點還有小孩子自己來買雪糕，連小朋友都感到安全，我也不怕深夜上街買東西去了。以前在多倫多，我是過了十一點不敢出門的，從外面回來時一定要坐車直接到門口的。

當然，香港治安好，並不等於說此間便利店提供邂逅夢中情人的機會。我現在住在灣仔，經常午夜去莊士頓道、軒尼詩道的便利店。

晚上來便利店買東西的人實在五花八門，有些工人在門外地上坐下來，邊喝瓶裝啤酒邊跟夥伴聊天。有些菲律賓女孩子用家鄉語言跟朋友吵架。住在附近酒店的西方遊客，走出來買可口可樂和土豆片，有人來租色情錄影帶。我也見過一個日本男人試圖用信用卡買一包菸，結果挨售貨員的罵。

晚上的便利店，可說是香港社會的縮影。可是，我從來沒遇到過屬於白馬王子類型的男人。我估計，缺乏的不是人才，而是適當的氣氛。不知怎地，灣仔的便利店很像鄉下小鎮的雜貨店，人家差一點沒穿著睡衣出來，絕對不像鑽石王老五常光顧的地方。

東京的便利店有不同的風格。一個特點是，賣的書報特別多，不僅有報紙雜誌，而且有一大堆書籍。其實，有些書是專門爲了在便利店賣而出版的。怪不得，在日本便利店普及了之後，不少小型書店倒閉了。晚上隨便去東京的任何一家便利店，保證能看到有好幾個年輕男女默默地站在一個角落，翻著書報。這可說是日本奇景之一。

在東京，從鄉下出來一個人生活的青年人相當多。當他們感到寂寞時，要麼去通宵營業的錄影帶店，或者去便利店，不是爲了租帶子，也不是爲了買東西。如果購物是目的，他們可以趕快買幾本雜誌回家看，但他們卻泡著磨菇，是因爲不想回家面對空盪盪的房間。

好在日本便利店的老闆不把他們趕走，這恐怕有兩個原因：首先，有很多人在店裡，就比較安全，不大可能給搶劫，如今的東京再也不是全世界最安全的城市了，至少不會有小孩子深夜來便利店買雪糕。其次，那些孤獨的靈魂，膽子不大，花一個鐘頭免費翻閱了書報以後，他們不敢不買東西就走，膽怯是日本人的民族性，老闆不用擔心人家不花錢。

那麼，兩個孤獨的靈魂會不會在東京便利店裡邂逅？由我看來，還是不大可能。有本事吸引異性的話，他們晚上可以去別的地方，而不用來便利店翻閱雜誌。

東京便利店的另一個特色是，喜歡用稍微藍色的熒光燈。藍色的燈光造成乾淨的印象，同時亦造成人工冷漠的氣氛。如今日本年輕人要迴避人情味，跟化學實驗室一般的便利店才吸引他們。可是，他們心中是很孤獨的、特別渴望溫暖的，這是非常矛盾的心態，可說是後工業社會的病態。

在多倫多、香港、東京三地的便利店當中，我最喜歡多倫多的，因爲在加拿大，多數便利店是家庭經營的，很有人情味（你看得出我是老一代的日本人吧！）老闆經常是韓國移民，白天太太看店，晚上先生看店，當學校放假的時候，老闆的孩子們看店。他們是第二代，講英語時沒有口音。每天去同一家便利店買報紙、牛奶、香煙，逐漸認識他們全家人，好比是看一部有關移民奮鬥的電影。

不過，家庭經營的便利店一般都不是通宵的，眞正的便利店應該一天二十四小時都開著，因爲便利店的社會功能是大城市晚上的燈塔。

車仔麵與潮州菜

搬到灣仔新房子，忽而發現，街上到處都是車仔麵館。爲什麼叫「車仔麵」？恐怕是過去推小車的攤販在路邊賣的緣故吧！油麵、粗麵、細麵、米粉，由你任選。再加牛腩、豬腸、豬紅、魚丸、牛丸、墨魚丸、蘿蔔，味道滿不錯。

味道滿不錯，但絕不是高級的東西。我覺得很有趣。如今香港人個個都很有錢，爲什麼偏偏流行車仔麵館？

「既可選麵，又可選菜肉，不亦樂乎？」從日本來的朋友說。雖然每家車仔麵館賣的花樣差不多，還是有微妙的分別。每天換一家，又換在麵上放的東西，就永遠能嘗到不同的味道。

除了選擇的樂趣，吃車仔麵也有一種「懷舊」的感覺。過去大家都窮的時候，吃車仔麵說不定是逼上梁山的。現在，想吃什麼都吃得起，香港社會早已進入了日文所謂的「飽食時代」，吃東西再也不是爲了塡滿肚子，而是爲了欣賞味道、氣氛、感覺。故意吃廉價的低級食品會刺激人的懷舊情緒，好比是穿上高級爬山裝，去梁山遠足。能賞到的不僅是眼下的風情，而且是時間旅遊的趣味。

另外，吃車仔麵也有「禁戒」的快感。今天大家都懂得營養學，該多攝取維生素、蛋白質、鈣等等，應該迴避脂肪、碳水化合物等等「壞蛋」。車仔麵一看就知道是很不健康的，是「政治上不正確」的。可是，禁果總是更加甜。自言自語說「管他什麼營養學」，大口大口吃車仔麵，我都覺得很過癮。

於是，搬來灣仔以後，我幾乎天天吃車仔麵。有朋自東瀛來，我帶他去的第一個地方亦是車仔麵館。不僅味道不錯，而且就「車仔麵現象」可以囉唆一番，眞是一舉兩得。

不過，又過兩天，朋友的父母也來香港旅遊了。他們是大阪人，而大阪人是日本的廣東人，非常懂得吃，也肯爲口福花錢。再說，他們以前來過香港，更不用說吃遍了神戶中華街，對一般的中國菜早已司空見慣。該帶他們去哪裡吃飯？

「我們吃潮州菜，好不好？」朋友想了一會兒，開口說。這確實是好主意。日本有得是廣東、上海、四川、北京餐館，但好像還沒有潮州館子。而且，潮州菜不油膩，用的海鮮也多，其實有點像日本菜。

多一個朋友，多一條門路。我給香港食家朋友打電話，讓他推薦好一點的潮州菜館。他亦給我介紹了一些潮州名菜。

昨天晚上，我帶日本朋友和他父母去了銅鑼灣一家潮州餐館，按照食家的指示，叫了鵝片、鮹魚、石榴雞、菜脯蛋。人家特地來香港一飽口福，當然少不了紅燒魚翅和官燕之類。

眞不可小看大阪人，他們一吃鵝片就喜歡得要命。後來上桌的每道菜都令他們滿意。當最後吃甜品紫米西米露的時候，先生說「日本也該開潮州餐廳」，夫人說「能吃到這麼好的東西，長壽眞是福氣」。

包括半打啤酒和一瓶紹興酒，一晚的開支三千多塊港幣，這個數目，讓我吃驚得「眼睛都跳出來」（日本成語）。不過，已經退休的老夫妻，要珍惜的看來不是金錢，而是時間。既然來了香港，他們要住望海的港島香格里拉酒店，也要吃最好的。

反正，對我來講，最重要的是成功地完成了做導遊的任務。父母高興、朋友也高興了，我自然也很高興了。剩下來的兩天，他們要重訪山頂、淺水灣、赤柱，晚上去文化中心聽香港交響樂團的演奏會。走之前的最後一頓晚餐已訂於文華酒店頂樓的中餐廳。

這恐怕是香港旅遊的一種王道吧。不過，已有成就的老年人去做才合適。至於跟我同代的朋友，送走了父母之後，要繼續陪我探訪灣仔的車仔麵館。我深信，這是香港旅遊的另一種王道。

印度餐廳之路

「如果你在倫敦，實在受不了英國佬的伙食，最好的避難所是印度餐廳，保證吃得到像樣的東西，而且價錢不貴。」記得曾經有個朋友跟我這麼說過。他自己是個英國佬，卻在亞洲、非洲的各殖民地、原殖民地待過不少年，深知堂堂大不列顛王國，最大的弱點是其伙食。

在「吃的天堂」香港，情況當然不一樣。一批朋友們在一起，可去的餐廳不勝枚舉。問題是沒有一批朋友們的時候，懶得自己下廚房，又想吃像樣的東西，該怎麼辦？

若是只要塡飽肚子，香港街上有的是小飯館、茶餐廳。可是，我對晚餐的要求是高一點的。環境不可以太差，最好有點氣氛，而且應該是能邊吃邊喝的地方。再說，一個女孩子家，絕不想被人騷擾。

夏天氣溫高的時候「邊吃邊喝」的條件無形中變成「邊喝邊吃」，要喝的當然是冰啤酒。我想一想，哪裡能喝到冰啤酒？同時有東西吃？而且女孩子一個人去都不成問題？

想來想去，我唯一想到的是旅遊飯店的酒吧。那是人間交叉口，算是匿名性很高的地方，而且既有喝的又有吃的。

於是，一個晚上，我去了銅鑼灣怡東酒店地下的「狄更斯吧」。我坐下來叫了一個罐頭的「麒麟一番搾」啤酒和薄餅，炸薯條等。晚上的「狄更斯吧」有現場音樂，氣氛滿不錯。我高高興興地又喝又吃。

未料，我還沒喝完第一罐，服務員送來了第二罐。我告訴她「我沒有叫啊！」她卻說：「是那邊的客人爲您買的」。我往她所指的方向看一看，果然有穿著西裝的東方男子從遠處盯著我。

這樣一來，我就很害怕了。人家是否以爲我是從事某種特殊行業的女子？或者他以爲我一個人來喝酒是爲找夥伴？那個男人長得不怎麼好看，不屬於我喜歡的類型。不過，即使他是絕代美男子，極像我的夢中情人，在那個情況下，我還是會害怕他，不敢接受一罐「麒麟一番搾」啤酒。我沒有了胃口，匆匆結帳，回家去了。

就這樣，我學到：香港旅遊飯店的酒吧不是女孩子自己去的好地方。那麼，還有什麼地方我可以去吃晚飯喝啤酒？當然，在飯店裡，除了酒吧以外也有西餐廳。不過，我尋找的是隨便一點的地方，不想一個人操好幾套刀叉。至於日本餐館，我更加不敢自己去了。孤孤單單在餐廳裡吃家鄉菜，搞不好我會傷感地流眼淚。媽媽，我怎麼淪落到這個地步？

在香港，我遇到的困難並不是「實在受不了中國佬的伙食」。我是很喜歡中國菜的。只是，想眞正欣賞中國菜，一個人是實在太少的了。那個英國朋友，曾經也住過香港，他爲什麼忘記告訴我，在香港，我的避難所是在哪裡？

忽然間，我想到了印度餐廳。香港有得是印度人，自然有得是地道的印度菜。再說，印度菜不像中國菜，是不怕人數少的。自己吃晚飯，叫一兩種咖哩就是了。

想到這兒，我很興奮地從家裡出發，走下坡，往灣仔駱克道的方向去，我記得那裡有一家印度餐廳，以前跟朋友一起去過。

工作日晚上的印度餐廳，沒有多少人。這對我有利，因爲老闆不嫌單獨的客人。而且灣仔駱克道嘛，算是「複雜」的地區了，各種各樣的人都有，誰也不理誰。很多女孩子避開紅燈區。可是，過去的經驗告訴我，紅燈區對普通女子來說，並沒什麼危險。因爲來那裡的男人目的很清楚，要的是專業的服務，不會在旅遊飯店的酒吧那樣，裝天眞地騷擾良家婦女。

正好是美國軍艦在香港的日子裡。印度餐廳也來了幾個美國士兵，在外邊看他們的樣子，是有點嚇人的。不過，在印度餐廳，他們顯得滿可愛，看來是美國鄉下來的年輕人，從來沒吃過印度菜，誠惶誠恐地問著老闆：「會不會很辣？我不能吃太辣的。」

而我呢？雖說沒去過印度，在倫敦、多倫多，不知去過多少家印度餐廳，可以說是老手的了，從容不迫地叫了馬德拉斯羊肉咖哩和藏紅花飯。不必說，也少不了一個罐頭的「嘉士伯」。

《鴉片茶》及其他

去一個地方旅遊和住在那兒，始終是兩碼事。來香港的遊客有誰不去赤柱市場買衣服？但住在香港的人又有誰去？遊客回自己的國家以後，津津樂道他在赤柱市場的所聞所見，讓他的國人以爲香港就是專門賣廉價冒牌貨的地方。或者，「要不要買假貨？」是來香港的日本遊客最常聽到的一句日文（在尖沙咀彌敦道確實是）。我們應該抱怨誰？

這種誤會並不是遊客的專利。住在外國的人，往往過了好多年都接觸不到當地的實際生活，對周圍的環境抱有幻想。我在加拿大時候認識的中國朋友，多數錯誤地以爲洋人個個都很風流放蕩，而實際上他們自己的「作風」更加沒規矩。在香港的不少外國人一本正經地說「香港人沒有性慾」，實際上他們自己的性生活卻更貧乏。同時，生活中的一些現實只有遊客或外人才能清楚地觀察到。「旁觀者清」的情形並不是少見的。

讓我想到這些問題的是一本義大利人寫的國際暢銷書，名叫《鴉片茶》。作者比安卡・譚（Bianca Tam）是一九二〇年出生的貴族千金，她十六歲就嫁給國民黨軍隊派到義大利的留學生而入了中國籍，十九歲便隨丈夫到中國大陸去。兩年以後的一天，她發現在貴州戰場上的丈夫已有了另一個女人，一氣之下跟他分手，並帶了三個孩子去上海定居。爲了生活，比安卡開始在租界當高級妓女，後來更給日軍蒐集情報。戰爭結束，中國籍的她做爲「漢奸」被判死刑，但在執行前夕因教皇代表和蔣介石談判成功而得到特赦。戰後在義大利，比安卡・譚又成了時裝界的名人。

《鴉片茶》是比安卡一九八五年在義大利發表的自傳，英文版於九一年在美國出版，我看的則是九五年十月底上市的日文版本。作者的經歷實在特別，而且她描述自己行爲時的筆調直爽誠懇。《鴉片茶》雖然不是專業水平之作，但可讀性非常高。我在新加坡的日文書店偶然買到它以後，簡直手不釋卷，一直看到香港家中。

比安卡是熱情、好奇、大膽的義大利女人，性愛在她的人生中占的分量很大。她一輩子結了四次婚，可是就肉體的吸引力和性愛的技巧而言，第一任的中國丈夫壓倒了其他人。其實，書名《鴉片茶》充分暗示中國人在性愛方面的厲害。在初夜，中國丈夫就泡了一壺鴉片茶給她，十六歲的新娘一喝便看到了「通往無上經驗的門」。

後來他們之間發生很多風波，在太平洋戰爭時期斷了音信。然而戰後他們卻在比安卡被拘留的廣州監獄重逢，彼此的激情很快又燃燒起來，他們在牢裡不顧一切地脫下衣服，「從苛刻的命運偷一時的快樂」。這是他們的最後一次性交，比安卡又一次懷上了他的孩子。不久，丈夫在東北內戰中喪命，比安卡在陸軍醫院生下了兒子。

我眞沒想到國民黨的監獄對「漢奸」這麼好。不過《鴉片茶》的讀者看到這裡，一定不會以爲這段小故事有任何不自然之處，因爲在這之前，比安卡遇到的中國人一個個都是很好色的超級情人，好像在中國一切都圍繞著性愛似的。

比如說，兩夫妻剛剛搬到中國的時候，丈夫一個人去重慶請示，比安卡則單身留在廣州婆家悶悶不樂。正好她的中國女傭很懂得讓女主人開心，不僅主動地給比安卡泡一壺鴉片茶，吹滅蠟燭，還幫她脫衣服，用手指摸遍她全身，也用嘴巴服務到底。作者說：「在中國的上流社會，女主人和『阿媽』之間發生親密關係並不是少見的。」而且她婆婆也默許，甚至間接鼓勵兒媳婦和傭人的特殊關係。

又比如說，比安卡去上海以後認識的婆家親戚楊先生，他年紀差不多五十歲，是已婚的銀行家，當初幫比安卡收她丈夫匯過來的錢。可是她丈夫一失蹤，楊先生馬上成爲有償情人。跟比安卡做愛時，他用特殊的油，是一種興奮劑，「只要塗上一點點，已經足夠了，其效果之強，有如毒品」。他們一上床就是好幾個鐘頭。楊先生也很喜歡給比安卡仔細地講關於中國人各種奇怪「性技」的故事，有一次還用起性玩具來。

在《鴉片茶》裡面，作者亦談到她和其他國籍的情人之間的肉體關係，有法國人、德國人、日本人、義大利人。但他們在床上的表現很一般、很正常，誰都沒有像中國情人那種特殊而神祕的辦法。

其實，我估計，這本書最大的賣點，也是它暢銷的主要原因，就是書名《鴉片茶》所暗示的「性感中國」形象。看完了這本書，外國讀者自然會對中國人產生一種幻想。

比安卡・譚寫的一切有可能是事實，因爲整本書的體裁是紀實自傳。然而，她的親身經歷到底有多大的代表性？一九三〇年代末的廣州女傭眞的個個懂得在床上安慰女主人？四〇年代的上海銀行家眞的對親戚家裡的西方媳婦一點忌諱都沒有？國民黨將軍敢在監獄裡脫光衣服跟「漢奸」老婆做愛？

比安卡在大陸總共住了八年，從廣州婆家、到貴州戰場、到上海租界、到國民黨監獄，她在中國的經驗特別豐富，而且會說國語和廣東話。《鴉片茶》是不是三、四〇年代中國的眞實寫照？還是特殊女人的特殊冒險奇譚？有沒有虛構的成分？作者於九四年已去世，我們沒辦法問她了。看完《鴉片茶》，我感到迷惑，有點像站在赤柱市場的遊客：眞的？假的？

在公事包裡的聖誕晚餐

銅鑼灣××酒店地下的酒吧，照樣很擁擠。菲律賓樂隊在演奏甜甜蜜蜜的一九六〇年代美國歌曲。一大批澳洲遊客站著在喝一大杯一大杯的生啤酒。我在最裡頭，稍微安靜點的角落，找到了保羅。

保羅是在香港工作的美國律師，年紀比柯林頓總統小一歲。今晚，他照樣穿著筆挺的西裝，照樣看著《華爾街日報》。他那笨重的黑色公事包也照樣在他腳邊。

我和他不算很生也不算很熟。自從今年夏天認識了以後，每隔幾個星期見一次面。一般都在這家酒吧，喝了幾杯啤酒後，各回各家去。

我想，我和他的關係，主要是同病相憐。保羅去年來香港，我今年剛來香港；都是外國人，都不會說廣東話。語言的障礙難免有時令人覺得與周圍環境隔絕，甚至感到孤獨，尤其是工作壓力大，身體、精神都疲倦的時候。所以，偶爾保羅給我打電話，說：「我實在太累了，眞需要兩杯啤酒！」我也回答說：「對啊！人活著難道只是爲了工作？」

之後，關掉在我書桌上已經發熱的電腦，馬上跑到銅鑼灣去。

我們的「同病相憐」也可以說是「物以類聚」。保羅是美國人，年輕時候去台灣留學，然後在日本工作過。他會講英、中（普通話）、日三種語言；這恰好也是我會講的三種。我從日本去中國大陸留學，然後在加拿大住了好幾年，後來又到香港來。

「香港的天氣還有點太熱太溼，不怎麼有聖誕節的氣氛。這幾天我特別懷念加拿大。」我說。

「可不是？地上看不到純白的雪，就不像聖誕節。」保羅的家鄉離加拿大邊境不遠。

「我在加拿大的時候從來沒喜歡過聖誕節。天氣太冷，而且要寫天文數字的聖誕卡，還有要買好多禮物送給親戚、朋友。那是多大的工夫呀！可是，一離開加拿大，反而就想念那種聖誕節。你看，人是多麼矛盾的。」

「那麼，我今晚給你過聖誕節，好嗎？」說著他打開了那個笨重的黑色公事包。

哎喲！裡面裝著的不是法律文件，也不是小型電腦。「你看！」他拿出來了一包法國火腿、煙燻三文魚、一條法國麵包，還有兩瓶白葡萄酒，連兩個塑料杯子也預備好。另外我看到了一個瓶裝食品。

於是，我們離開酒吧，坐的士去一個小公園。遠望著中環高樓大廈的夜景，開始了小小的野外聖誕晚餐。保羅從公事包拿出瑞士陸軍摺刀，把麵包切成片，上面放了各種肉，邊吃著邊喝加州產的白葡萄酒。

在那瓶子裡裝的是酸泡鯡。「我沒找到挪威的，這是丹麥的，但味道應該差不多。」原來，保羅是挪威裔的美國人。雖說是第四代，父母均是純正的挪威血統；保羅自己也自然是百分之一百的挪威血統了。

「在我長大的地區，大部分居民是北歐移民。有挪威村、瑞典村、丹麥村，互相之間來往很少。尤其對瑞典人，我們從來不大放心。他們是大國，曾經呑併過我們的祖國。」但是，保羅一次都沒去過挪威，也不會講挪威話。

「我是吃這種酸泡鯡長大的。挪威人特別愛吃魚，跟日本人一樣。每次吃酸泡鯡，在我腦子裡總是出現一個圖像，那是我平生第一個記憶。當時我大概只有三、四歲吧！有一天爸爸讓我坐在他肩膀上，一直沿著農場，慢慢走路回家。他說了什麼，我不記得。但是，爸爸的雙手抓著我腳脖子的感覺、他的體溫、還有周圍那一大片寬闊的平原，我永遠不會忘記。」說著，保羅的眼睛好像又看到了美國中西部遼闊的麥田，極大極紅的夕陽。

對我來說，這是一次很特別的聖誕晚餐。在香港的一個夜晚，跟一個不生不熟的朋友一起，吃了充滿著他孩提記憶的食品。我相信，第二天早上保羅照樣帶著那笨重黑色公事包上班的時候，他的同事誰也想不到，那裡曾裝過一頓傷感的聖誕晚餐。

上海理髮店

從紐約回到香港，第一件要做的事情便是去上海理髮店剪頭髮。我去的一家在北角碼頭附近。有個上海小夥子每個月給我剪頭髮。我的髮型已經有二十年基本上沒變化，是標準的日本娃娃頭，也就是劉海兒。只是隨著潮流，有時留得長一點，有時剪短一點。這種髮型看起來簡單，但剪起來卻不容易，頗需要技術的。

因爲我媽媽結婚之前是理髮師，我小時候在家裡，媽媽給所有的孩子剪頭髮。上了中學，我才開始到理髮店。之後不知在幾個國家的幾間理髮店，給幾個理髮師剪過頭髮。

我在北京留學的時候，最時髦的理髮店是燈市口的「四聯」。有個中年的男師傅給我剪的劉海兒很好看。我即場拍一張相片，後來放在我的第一本書上。那天替我拍照的朋友，如今成了搖滾樂明星，是唐朝樂隊的主唱丁武。

後來去了加拿大，我遇到的困難是有些理髮師不大會剪東方人的頭髮。這大概是因爲我們的頭髮又硬又多，跟軟而少的西方人頭髮有所區別。在多倫多，日本理髮師不多，很難遇上，而且價錢相當貴。於是我開始光顧唐人街香港移民開的理髮店，名叫「基本髮」。那裡的技術可靠，加上價錢合理，再說能看到香港寄來的報紙、雜誌，令我非常滿意。

我剛來香港的時候，去了中環一家看起來很時髦的美容院。理髮師頗有藝術家的氣派，把我的頭當作素材，要創造出一個作品。可惜，效果卻不理想。因爲我在家裡洗頭以後，自己吹髮，沒法重現他那個作品。

當時有人告訴我，香港有另一種理髮店，就是上海理髮店。在北角也有好幾家，從外面看，給人的印象很陳舊，但他們的技術水平是不錯的。於是我鼓起勇氣上了樓梯，說了一聲「要剪頭髮」。

老實說，我一開始並沒有很大的信心。店裡的工作人員多於顧客，理髮師穿的制服是咖啡奶色的；不知本來就是這個顏色，還是後來變色的。看周圍，大部分的客人是中年以上的女性，年紀跟我媽媽差不多。她們來這裡剪頭髮、燙頭髮，還有染頭髮，整個環境跟顧客及設備一樣陳舊。

服務我的理髮師是唯一的年輕人，看來才二十七、八歲的樣子，而且會講普通話。他說他是從上海來的，但後來我得知，他說的「上海」並不是指「上海市」，而是上海附近的（我也不知道有多近）浙江小鎭。

他邊跟我聊天，邊剪好了我的頭髮。照鏡子，我覺得不錯。可是，我眞正體會到他的手藝之高，是第二天早上洗好了頭以後，簡單地吹一吹，我的頭髮非常聽話。剪好的頭髮是很容易處理的。

所以，我每個月都回到那一家上海理髮店。年輕師傅對我的髮質、我的口味，越來越熟悉。我跟他講兩句話，便開始看報紙。過十五分鐘，他的工作已經完畢。價錢很合理，去年才六十五塊錢港幣，最近漲到七十多塊錢。對了，春節前夕我去剪頭髮，那個年輕人告訴我：「對不起，現在是假期特別價錢。」我後來才知道香港的上海理髮店有「春節期間加倍收費」的傳統，一時有點吃驚，但後來也覺得算了吧！反正我對他的手藝很滿意，一年一次給他這樣的「紅包」是應該的。

上一次我去剪頭髮的時候，他不在。其他師傅告訴我他回上海去了。另一個人給我做的頭髮並不差，我卻覺得有點寂寞。我說不上眞正認識那個上海小夥子，他也不知道我住在哪裡、做什麼。可是，每個月跟他見一次面已經成了我的習慣，他不在令我感到小小的失望。

這一次，他果然在。「不好意思，我請假回家去了。」他說。於是我知道他其實是有家的人，在「上海」的太太最近給他添了丁。「恭喜恭喜」，說了兩句之後，我馬上開始看報紙。來這裡，我不用多說話，因爲我對他很有信心。第二天早上洗頭之後，我的頭髮很聽話。有常去的理髮店，就等於我在香港開始有了「生活」，雖然是沒什麼大不了的事情，我卻心裡很高興。

卷二

愛情冒險

さくら

一百個情人

前些時我在報上看到一份關於美國人性生活的調查報告，其中一項說：「百分之十的男性及百分之五的女性有過多於一百個性伴侶。」看到這裡，我目瞪口呆，一時竟閉不上嘴巴。

「一百個情人！」這不是很多很多嗎？再說，「百分之十」雖然不是多數，也不能算是例外，而是「不可忽視的少數」。

當天下午一個加拿大朋友來談天，我很自然地提到了這個調查。

「一百？百分之十？」一聽完，他也有吃驚的樣子。但我沒預料到的卻是他的第二句話：「眞的那麼少嗎？」

這樣一來，我只好放棄平時不管人家閒事的原則，大膽地問了他：「那麼，你自己到底有過多少呢？」

請大家先做深呼吸兩次，提防心臟病發作！

「我最後一次數數是十五年前結婚的前夕，當時我三十三歲，能數到一百三十八個。」他說。

「一百三十八！」我的嘴巴又一次閉不上了。我盯住坐在我對面的作家朋友，他是大學畢業的中產階級人士，既不是流氓，也不像個花花公子。可是，他告訴我，他年輕時候曾做過長頭髮的嬉皮士，在美洲西岸謳歌性自由。當時，有效率達百分之九十八的避孕藥剛剛發明，本來因爲害怕懷孕不肯輕易有性生活的女孩子們，在轉眼之間紛紛參加了「性革命」的隊伍。結果，「找個女孩子睡覺跟找個漢堡包吃一樣容易。」

他走了以後，我馬上給另一個朋友打電話。這個女朋友是今年二十九歲的黃種加拿大人，大學畢業後工作過一段時間，現在在郊外小鎮過著家庭主婦的生活。她的反應也出乎我意料之外，她若無其事地說：「你是少見多怪。」

她說：「我十三歲就開始交男朋友了。小孩子嘛！懂什麼？一開始搞那個，就搞個不停。尤其上中學的時候，到了暑假，幾乎每個週末都有派對。喝了酒，抽了大麻以後，連記都記不得跟誰做了什麼。這樣子，一個夏天找五個、十個男孩子根本不難。過了二十歲，我也開始正經下來了。可是，二十六歲結婚以前，光是長期的男朋友就有十幾個。而且，跟一個朋友分手以後，在找到下一個朋友之前，總得要有一些吧！」所以，對她來說，「一百」也並不是難以想像的數字。

你也許認爲，愛滋病出現以後，這種行爲已經過時了，不大存在了。對不起，你錯了。上述報告說，今天美國人的性生活，比過去任何時代更活躍。特別是十幾、二十來歲的年輕人，普遍以爲愛滋病是同性戀者才會患上的病，常常不採取預防措施。

做愛本來不是件壞事情，而且它跟生命直接相關，應該是神聖的事情。二十世紀後半期，從美國開始的性自由潮流已經影響到世界各國，我相信很多人對婚前性行爲、婚外性行爲早就司空見慣了。儘管如此，「幾個情人」和「一百個情人」之間的距離很大，簡直是兩個不同的情況。在這兩者之間存在的倒不是程度不同，而是「量」和「質」的問題了。

在傳統社會裡，「性交」和「愛情」、「婚姻」、「生殖」之間有既緊密又直接的關係，但在今天的北美社會，這四者卻好像是完全互相獨立的。正如任選幾樣菜之後才結帳的自助餐，有人選擇「性」和「愛」（自由戀愛），也有人單單選擇「生殖」（單身人士人工受精），哪怕在你的盤子上只有「性」，也沒人譴責你偏食。

其實，很多北美人以爲「性」並不需要「愛」作爲前提，要不然「一百個情人」這種現象是根本不可能發生的：因爲愛情不是方便麵，需要花時間才能成熟。所以，「一百個性伴侶」絕不等於「一百個愛人」，大概連「一百個情人」都談不上。我的加拿大朋友說得很準確，「一百個性伴侶」在本質上跟「一百個漢堡包」沒有兩樣，說得難聽一些，就是「一百個肉塊」而已。

這種情況爲什麼在北美洲比其他地區更突出？有幾個理由：

首先，北美有基督教「禁慾文化」的背景，在人們的潛意識裡，肉慾長期被視爲下賤甚至罪惡。因此崇高的「愛情」和下賤的「性慾」本來就是互相矛盾的概念；只有在以愛情爲基礎的婚姻裡面發生的性關係才正常、神聖。後來，自由戀愛、性自由的潮流打破了結婚的框框。可是，解決歷來的「愛情」和「肉慾」的矛盾並沒有肉體上的開放容易。

其次，衆所周知，北美是以「自由」爲理想的地方，在理論上任何自由化都是正面的，性自由當然應該也是正面的。這樣一來，很難找理由阻止性自由的潮流。

其三，在個人主義社會裡，干涉別人的生活是禁忌，哪怕你自己不同意性自由，也沒有權利去反對別人的自由。

另外，也有更具體的環境因素。北美洲地方大，房子也大，連小孩子都有自己的房間。再說，社會富裕，家家都有一兩輛汽車，孩子到了十六歲就可以開車跟異性朋友出去玩。像上述我的朋友，十三歲的小女孩就有性生活，這在很多社會裡是條件所不允許的。青少年因爲性衝擊厲害，思想不成熟，一旦開始有了性生活，很快就發展到「搞個不停」的地步。

在我看來，最重要的問題是：把別人當作漢堡包的人，到底能不能明白愛情是怎麼回事？性本來可以使一對男女最親密的（也是最甜蜜的）接觸，可以互相了解對方。但只得到「性」而得不到體會「愛」的機會，那是不值得羨慕的，正如吃一百個漢堡包，沒法跟吃一頓眞正鮮美的飯菜比較。從這個角度來看，極度性自由並不是進步，反而是人類精神文明的又一次退化。

徵友

「日本女人，三十餘歲，旅行經驗豐富，能操多種語言，風趣，有風格，熱情，少女氣質。尋找成熟、文明的朋友們。有意者請來信寄×××信箱。」

這是我給自己寫的廣告文，最近在加拿大全國性報紙《環球郵報》分類廣告上登出來了。

我決定刊登徵友廣告，主要出於好奇心。每逢週末打開報紙，總會看到好幾十個男女通過這種渠道找朋友、找配偶。我想知道什麼樣的人會答覆這種廣告，也想知道徵友廣告到底有沒有效。我想，雖然幾乎所有的報刊都登徵友廣告，找朋友最好還是找高級一些的，再說我也要考慮到安全問題，於是選擇了《環球郵報》，這應是加拿大最高級的一份報紙了。

登廣告的手續很簡單。某個星期六早上，我花三分鐘時間擬好了上述的廣告文本，把電腦印出來的文本傳到報館去。過幾天，有人打電話來，問我的信用卡號碼，我同意付九十塊錢手續費，下一個星期六就馬上有我的廣告登出了。沒有人查我的廣告寫得是否屬實。回信先寄到報館去，然後轉到我家來，既不用公開自己的地址，也不需要用個人的信箱。

廣告只登了一天，起的作用卻不小。在兩個星期以內，我收到了從太平洋到大西洋，加拿大全國來的三十四封信。

來信者可以說是社會的縮影。最小的二十八歲，最大的則是六十一歲。（信中說：「三十年前在紐約，我看上了一個日本女孩子，她完全改變了我的生活。哎呀！她不願意嫁給我，可是，我永遠也忘不了她。」）

他們的工作也是五花八門，有律師、會計師、醫生、大學教授、企業家、電視製作人、作家、工程師、飛機業務員；也有學生、工人、失業人士。有兩個黑人，兩個來自香港，兩個英國人，也有法國人、美國人、阿根廷人、愛爾蘭人、菲律賓人，當然最多是白種加拿大人。

使我吃驚的是，有兩個人跟我住在同一幢樓。雖然我的廣告沒說要找「男」朋友，但來信的全都是男性。

有這麼多人想跟我（或某一個「日本女人」）交朋友，你也許認爲找白馬王子挺容易，實際上並不見得。

首先，多半的信寫得太差，我根本沒興趣看完。除了錯別字、語法錯誤以外，內容也很薄弱，甚至彷彿小學生的作文。這充分表示一般加拿大人的文化素質低落到什麼程度。

其次，有些人找的並不是朋友，而是特殊的性冒險。一個結過婚的企業家想找東方女人，給他們夫妻的性生活「增添刺激」。他寫道：「你要麼一個人，要麼跟朋友一起，來我們的別墅，大家一起好好玩吧！」另一個「五十一歲，愛看電視體育節目」的人寫道：「我喜歡跟年輕女郎在公共場所做各種各樣的壞事情。」這類邀請，我當然只好謝絕。

於是我剩下來的選擇並不多，最後決定跟四個人見見面：三十九歲的電視製作人，五十五歲的廣告商，三十九歲的大學教授，還有四十五歲的工程師。他們都是離過婚的人。

電視製作人是愛爾蘭天主教家庭的老九，曾跟美國人結婚，和她一起開公司，離婚的原因是「她太強」。他開白色小車來接我去吃午餐。我的第一個印象是這個人很矮，站起來，他沒有我（一米六一）高。他主要興趣是電腦，業餘時間自己開直升機。事業上很成功，但生活很寂寞。「我的心好像鎖住了已久，連鑰匙都找不到了。」他說。

廣告商在信裡說自己身高五呎十吋，但實際上肯定沒有五呎六吋。他在信裡說是五十五歲，但實際上肯定有六十五了，十年前離婚（「我公司倒閉，她跑了」），沒有孩子，自己生活，在家裡工作（爲雜誌賣廣告），喜歡看書、看電影。他說「對年輕女人有弱點」。當晚，他要我到他家裡去看些美術品，我嚇了一跳，跑回家了。

大學教授雖然自稱年紀才三十九歲，已經失去了多半的頭髮，個子也比我高沒有多少，蒙特利爾的猶太教家庭出身，牛津大學的政治學博士。他在信上說：「假如你想看我的照片，到書店找我寫的書好了。」他曾經跟在英國教書時候的學生結婚，一年多以前分居，現在是單身父親。我跟他吃午飯的兩個小時內，有一個半小時他講自己的婚姻如何糟糕。吃完了飯，他只付了一半的錢，雖然我們吃的是每份四塊九毛五的廉價印度菜。

工程師從阿根廷來，在歐洲讀書以後，二十年前到北美。前妻是大學教授，兩個孩子均是大學生，和媽媽一起住。「家庭生活我已經畢業了。」他說。淺紫色的毛衣，深藍色的襯衫，再加上灰色的圍巾，他打扮得很瀟灑。頭髮雖然全白，但還沒有掉。可惜的是，人長得異常難看。

這四個人都是十足的知識分子，事業上也有一定的成就。除了「對年輕女人有弱點」的老先生之外，我想交交朋友，一起吃飯看電影也許還可以。但同時，我也覺得不大可能會有一個是我的白馬王子。不一定因爲他們長得矮，禿頭，或樣子難看，而是因爲人和人的關係總是需要緣分才能發展。我通過徵友廣告認識他們，是不是意味著我們有緣分？我不知道。其實，見了面以後，他們沒有一個給我打電話。登廣告的是我，但他們也有選擇的權利吧！

不管怎麼樣，花九十塊錢收到三十四封信，見了四個人，是合算的。你要不要試一試？

幸福的女人

「女人有漂亮和不漂亮，聰明和不聰明之別。最幸福的是既漂亮又不聰明的女人；第二是既漂亮又聰明的女人。比較不幸的是既不漂亮又不聰明的女人。」說這句話的當然是男性，是我的一位香港朋友。

如果是十年以前，我大概馬上要罵他說：「性別歧視！你這個男性沙文主義的豬！」但我已經不是天眞無邪的大學生了。世上有各種各樣不同的觀點，而且每個觀點說不定眞的有哪怕一點點眞理。簡單而言，這位香港男人認爲女人最好漂亮而不要聰明。從他的角度來看，既漂亮又不聰明的女人「最有資格」過幸福的日子。

男人喜歡漂亮的女人是古今中外鐵的規律，就像女人總是喜歡好看的男人一樣。強逼人家去改變「本能」是浪費時間的。然而，這位香港朋友之所以認爲「女人不要聰明」，是值得我們去探討的問題。

記得前些年我認識一位來自英國的「男性沙文主義的豬」。他說：「我覺得最性感的女人既漂亮又不聰明，其次是既漂亮又聰明，第三是雖不漂亮卻聰明。最糟糕的是既難看又笨。」顯然，美女，尤其是「白癡的美女」對男性永遠最有吸引力。不同的是，在西方不少男人認爲智力性感，有時能補充或代替外表之美。

美女經常生活在男人的想像裡，在現實生活當中很少出現。這是只要打開眼睛看四周馬上能知道的事情。十幾、二十來歲的姑娘個個都很好看，那是年輕生命力所導致，是一種曇花一現之美。過了三十，接近四十，大部分人失去那種魅力。這不是個別人的錯誤，而是上帝的安排。

最近我見到了一個老朋友，我們是十年前在北京認識的。當時她二十幾歲，黑油油的長頭髮，苗條的身材，圓圓的眼睛，是我見過的最漂亮的北京姑娘。這次重遇，我知道她後來嫁給香港生意人去了美國，讀了時裝設計。現在，她是有錢人的太太，在美國、香港都有房子、汽車。

她今天仍然是個美女，打扮得也很瀟灑。但十年的時間，在美女身上比凡人身上更加地明顯，這是上帝不公平的地方。現在第一次見她的人肯定覺得她很美。還記得她那個迷人的高峰期的人卻認爲：哎！美女也會衰老。不必說，美人自己最清楚。

她是聰明能幹的女人，不甘心專門做有錢人的太太，她想要有自己的事業。只是，她先生太有錢了，太太賺不賺錢都無所謂。這種令人羨慕的條件，對她來說反而是壓力。「我去幹事業，不一定能成功。反正人生只有幾十年，何必那麼辛苦？讓我老公買一個農場，在安安靜靜的環境裡面做自己喜歡的事情不就行了嗎？」然後她馬上又說：

「但我想在生活上要有個突破。」

我想起來了香港朋友說的那句話：最幸福的是既漂亮又不聰明的女人。北京美女之能夠擁有現在這麼好的條件，相信跟她的美多多少少有點關係。如果她不聰明，也許更容易滿足於現狀，不去想什麼事業不事業。

知識和智力不一定使人更幸福。反而，一個人越聰明，想得越多，越有不幸福的理由，這道理恐怕不分男女。只不過是有些人還以爲女人有選擇過「不聰明人」的日子。說起來也很奇怪，我不少女性朋友自身很聰明，在事業上又有成就，卻說：「如果我生女兒，最好不要她太聰明讀太多書；一個女人越聰明越受苦。」

俗話說「難得糊塗」是否有道理？但這是我最不喜歡的一句話，雖然人想得越清楚，也許離幸福更遠。我記得曾經認識一位來自捷克的「男性沙文主義的豬」跟我說過關於幸福：「幸福？那是女人和小孩的玩意！」我想男人大概比女人浪漫得多，他們相信世界上有「幸福」這個東西。女人則更現實，心裡想：「幸福的女人？那才是小男人的幻想！」

晚上，那誘人的水音

「若想失去一個朋友，最好的辦法是一起上床。」記得曾經有人跟我這麼說。我不知道這句話的普遍性到底多高，我卻知道這句話預言了我們的關係。

前一段時間是寫聖誕卡、新年卡、很多卡的季節。打開住址簿，寫幾句話給住在遠處的老朋友，確實是人生的樂趣。只是，同時不能不去想，我已失去了多少個過去的好朋友。如果對方是異性，多半由於一張床。

眞正談了戀愛以後，最後分手，是較爲容易接受的，雖然心裡會留下美好的回憶和難堪的痛苦。糟糕的是出於一時的幻覺，跟異性好友同床，不等天亮，大家意識到前晚犯的錯誤，從此以後不敢再相見。

「在男女之間，有一條既黑又深的河。但還是想相見，今晚又要啓航。」這是日本一首叫〈黑色船歌〉時代曲的歌詞。在夜晚的黑暗裡，不知怎地，耳朵聽到那條河誘人的水音。但在床上的邂逅本身，至少對女性來說，並不總是令人陶醉的。大白天或在燈光下，顯得可尊敬的紳士，在夜晚的渡輪上，往往變得很窩囊。有修養的女人當然不會明說她多麼失望，而且說不定問題全在於緣分，但無論如何都要迴避再跟同一個人啓航。可惜，男人經常不理解也不諒解女性這種看來複雜其實很簡單的心理，以爲有了一次的事情應該可以再發生。誤解到了這麼大的地步，本來有的友情都全給糟蹋了。

朋友來往和晚上遊船之間還是最好劃清界線。這在男女有別的傳統社會裡應該比較容易能做到，因爲在男女之間根本不存在什麼朋友來往。但是我們生活在男女共處的現代社會，情愛常常由友誼發展。若在性革命以前，人們，尤其女人對性愛的瞭解很有限，無法判斷對方的水平或彼此在床上和不和諧，反而受貞操觀念的支配，唯唯諾諾地接受命運給她分配的舵手。

於是我越來越懷疑，性愛是潘朶拉的盒子（Pandora's box）。在古希臘神話裡，她是上帝派下到人間的第一個女性。當她違反上帝的禁令而打開她的盒子時，從裡面湧出來禍害和罪惡，最後只留下一樣東西：希望。性革命好比打開了潘朶拉的盒子。而在英文俚語裡，「盒子」一詞指女性生殖器，大概不完全是巧合。一打開就造成很多混亂。還好，最後起碼留下希望。

王蒙在《讀書》雜誌的座談會上說，他長久思考後現代的「後」到底是什麼意思；有一天忽然想通：「後」就是「過來人」當中「過來」的意思。借用這個說法，我們也可以說是「後性革命」的一代。性革命過來的人難免有所懷念當初大家都很天真的時代。

前幾年在日本「純愛論」風靡一時。這恐怕反映日本人放蕩夠了以後，重新想關掉盒子的心理慾求。難怪同時亦出現「朋友夫妻」的潮流，即結婚以後排斥性愛的男女關係。只要晚上不啓航，就不會有在既黑又深的河裡淹死的危險。不過，晚上那誘人的水音是從自然的深淵響來的。人不能完全控制自然，尤其夜幕籠罩四方以後。

翻著住址簿，要寫聖誕卡、新年卡、很多卡，其實心跳得最快的是，當我寫給那些聽過隱隱約約的水音卻從來沒有一起遊過船的異性朋友時。我想起那位說話露骨的朋友，他的話好像不夠全面。「不上床」不僅僅是保住友情的辦法，而且是保持戀情的祕訣。

夢醒時分

東方女人普遍有一種幻想：西方男人一定比東方男人浪漫、體貼，在床上的表現又好。也難怪，多數東方女人至今只在銀幕上「認識」西方情人。

我說那是幻想，甚至誤會，一半基於我自己的親身經歷，另一半來自我朋友們的體會。一九八〇年代後，好多進取心很強的日本女孩去西方讀書、工作，結果在我大學時候的女同學當中，從來沒有過西方情人的算是少數。這情形恐怕跟華人姊妹們很不同，大概由於日本社會確實經歷了一場性革命；再說我們都是單獨跑世界的，幾乎沒有像華人般全家移民的情況。海外沒有日本社區的監督，因此思想和行動的自由度高。

西方男人浪漫的印象，我相信是好萊塢電影造成的。男主角從早到晚向女主角說「我愛你」，這確實是眞的。只是在現實裡，說「我愛你」的不僅是男人，連女人也得一天說好幾次的「我愛你」。太太給先生打電話，第一句話是「哈囉」，最後一句話是「我愛你」。在東方只屬於情侶之間的「我愛你」，在西方是女兒對爸爸、母親對兒子以及在普通朋友之間都經常說的一句話。久而久之，「我愛你」失去了浪漫色彩，說出來也沒有衝擊力。

西方男人體貼的印象，則是來自老電影裡面男人給女人開門的鏡頭，但那種「紳士」行爲起碼在北美洲已經過時了。這是女性主義的時代，保護婦女等於看不起婦女，結果很多男人再也不敢幫女人開門。可是他們又不敢走在女人前邊。因此如今的女人往往要自己先推門而進。北美很少有自動門，多的是笨重的門扇，做女人好不辛苦。

在家裡分擔家務的男人不少，但沒有中國大陸那麼多。中年以上的男人不會做飯的並不是罕見的。在西方，又很少有人負擔得起傭人。中產階級家庭普遍是雙職工的情況下，女性的負擔還是挺重；更何況離婚率高，很多單身媽媽一個人要演好幾個角色。

至於西方男人是否在床上的表現好，這也很難說。首先，即使他們願意付出的比東方男人多，在床上對女性的要求也比東方男人高。尤其在基督教影響很大的英、美、加，多數人的性生活只在夫妻或固定的男女朋友之間，如果一方認爲對方不是理想的性伴侶，他們不會在外面找補充的機會，反而要乾脆分手，重新找更合適的對象。這樣一來，女人絕不能拒絕房事，也不能被動地享受，而必須積極地參與「愛情生活」。北美的女孩子經常鍛鍊身體某部分肌肉，就是爲了把自己弄成超級情人。

在床上，西方男人也不一定比東方男人浪漫。很多北美人把性生活當作純粹肉體的活動，跟打球沒有本質上的區分，在性愛方面的想像力並不豐富。這一點，看來歐洲人好一點。

跟西方男人接觸時，東方女人眞應該小心，對方說不定患有「黃熱病」。他們對黃皮膚的女人有幻想，以爲一定比西方女人性感、熱情、溫柔，而且會侍候男人。一不小心，陪他們的東方女人很容易被迫演「自願奴隸」的角色。我在西方認識的不少日本、中國太太，在夫妻關係上明顯吃虧，地位不如西方太太，因爲她們的丈夫以及整體社會都認爲東方女人本質上「愛侍候男人」。

總而言之，東方女人沒必要羨慕西方的姊妹們，也沒必要羨慕嫁給西方人的東方姊妹們。雖然我也不敢說東方男人個個都好，可是至少可以這麼說吧：家家都有難念的經，關於男人，從性能力到浪漫情懷，這個世界都是沒有「西方淨土」的。

「等到丈夫死……」

「等到我丈夫死，我要去美國留學。那時候，恐怕我已經太老，不能學太複雜的。所以，學點手工藝什麼的就好了。」在東京青山地區的一家燒鳥店，我的朋友邊喝啤酒，邊講話。她是我高中時候的同班同學。我們今年三十歲。

同樣的話，如果是位老太太講的，也許不很奇怪；假如從一個嫁給粗暴的丈夫過著苦澀生活的女人嘴裡說出來，我也可以較容易接受。可是，她丈夫是個很溫柔的人，兩個人過著（從外表看來）十足的雅痞生活。她爲什麼要希望丈夫早一天死，我覺得非常吃驚。

她和丈夫都是名牌大學畢業，在大企業工作，兩個人的年薪合起來接近二千萬日圓。再說，他們還沒有小孩，住的是丈夫的父母擁有的豪華住宅。總而言之，他們有足夠條件過理想的生活。去美國留學一兩年，對今天的日本人來講，並不是個荒唐的夢想。她怎麼做不到？

然而，當我對她這樣說時，她馬上否定說「你才不明白」，又再要了一瓶啤酒。

她穿的是義大利套裝，唇上塗的是法國名牌口紅，頭髮弄的也是最時髦的髮式。可是，找來找去，在她臉上，尤其在眼睛裡，我就找不到哪怕一點點生命力。十五年前我們上中學的時候，她曾是班裡數一數二的美女。可是現在，雖然她容貌還挺不錯，就偏偏缺乏從心靈映照出來的光輝。坦率地說，我看到她現在的樣子覺得心酸，因爲她像過去那個少女的亡靈。

記得五年前我見到她的時候，她剛剛跟現在的丈夫訂婚，兩人都充滿著對未來的希望。當時，她已經申請去美國留學讀企管碩士課程，而且被幾所大學接受了。可是，爲了把整個生命獻給愛情，她決定不去了。「他說他不能等我一年，我還有什麼辦法？你假如讓我在婚姻和事業之間做選擇，我當然要幸福的婚姻了。」說著，她一點後悔都沒有的樣子。

結婚以後，除了天天上班以外，她每週兩次上夜校學企業管理。「可是，工作有時候太忙，不能上課，這樣子我一輩子也念不完所有的課程。」

她接著告訴我不能去美國的理由。「我丈夫就不要我去。誰知道爲什麼，他就不要。而且，如果我能說服丈夫，又怎樣跟他父母說明呢？老一輩人認爲女人結婚就要照顧丈夫，生育小孩。這兩年我也一直要孩子，可是沒有懷孕。你看，我的生活多麼難！既不能按照自己的理想去留學，又不能按照人家的願望去抱小孩。上帝對我太不公平了。」

剛剛結婚的時候，什麼都顯得很新鮮，連做飯、打掃等家務都做得很開心（她結婚前特意上了一年的「新娘進修班」）。可是，時間一久，家務慢慢變成麻煩的任務。「我就不喜歡做飯，下班回家已經很累，連要做什麼菜都想不出來。」她丈夫不是不體貼，「在我家，天天晚上做飯的是我老公，吃完了我洗碗。」她說。

夫妻之間的感情距離什麼時候開始疏遠呢？她說不清楚。「和他在一起，問題是沒有的。但因爲兩個人的興趣很不一樣，樂趣也沒有。比如說，我喜歡熱鬧，喜歡跟朋友們一起玩；他卻喜歡安安靜靜，或自己去散步。再比如說，我喜歡去外國旅遊，他喜歡待在家裡。」還在大學的時候，每逢假期，她非得飛到歐洲去，要麼跟朋友，要麼自己跑，去過好幾個國家。然而，結婚五年，她最後一次到外國旅遊是去美國蜜月旅行。

「今年底，我準備陪我媽參加旅遊團去歐洲。幾年前，連做夢都沒想到有一天要參加老年人跟導遊一起走的旅遊團。可是現在，我就找不到其他藉口。假如我說要陪媽媽做孝順女兒，誰也不能不讓我去，對不對？」（到今天，她還沒有告訴丈夫去歐洲的計畫。怕什麼，連她自己也不知道。）

她有自己的工作、自己的錢，但沒有自己的生活。她是受過高等教育的職業婦女，她的要求、理想跟傳統的女性非常不一樣。在今天的日本社會，她找工作賺錢很容易，可是，在公司裡依然存在著男女之別。假如是男性，就會有機會由公司派去國外進修、工作，但她沒有這種機會，不僅是因爲公司不大願意讓女的去外國，而是因爲家庭有不成文的壓力，讓妻子服從丈夫的意旨。

「表面上看來，婦女工作的機會比過去多得多了，但實際上卻不見得。我在公司工作七年，受性騷擾的經驗不止一兩次。有一次我在酒店餐廳跟上司吃晚飯，突然間他抓住我的手說，要到樓上房間去談工作，眞氣死我了。可是，我是個上班族，不能對上司太不禮貌呀！我只好勉強帶著笑容把他的話當玩笑，心裡卻難過了好一陣。更糟糕的是，第二天還要照樣上班，跟他一起工作……」

婚姻、工作、錢，她都有了，就是沒有幸福。我越聽她的故事心裡越悶，因爲我知道她在日本社會已算是非常成功、非常令人羨慕的人，相信很多日本女性有了像她那麼好的條件，都認爲很幸福。可是我這位朋友，年齡才三十歲，好像已經失去了理想，她唯一的希望是丈夫早點死，早點解放她。很明顯，她這樣說是詭辯，因爲除了她自己以外，誰也解放不了她。

她似乎看透了我的念頭，在告別時問我的理想生活是什麼。

「自己能管理自己的時間，想去旅遊就可以去旅遊……」

我還沒說完，她就打斷了我的話：「新井，我們高中畢業十二年，你一點都沒變，還像個不懂現實的小孩子。」她說的樣子很寂寞。我心裡也很寂寞，有如失去了個很好的老朋友。

下午的迪斯可

有一個星期天下午三點半，我跟歐洲朋友弗朗克正好在中環，要找個地方坐下來喝杯咖啡。天知道，星期天下午的中環，連走動都不容易，哪裡還有地方可坐，因爲到處都是菲律賓女傭。

「哎呀！我忘了今天是星期天。」弗朗克用稍微帶台灣腔的普通話說。

「星期天的中環眞是菲律賓人的地盤。看來她們很喜歡出來跟同胞聊天，卻不大喜歡跟香港人或者其他外國人來往……」我說。

「哪兒的話！有一大批菲律賓人週末專門出來找外國朋友呢！」弗朗克說。

「眞的？在哪裡？怎麼我從來沒聽說過？」我很吃驚。

「如果你感興趣，我們現在馬上可以去，反正離這兒不遠。要不要去？」

於是我們上了電車，目的地是灣仔駱克道。據弗朗克說，那裡有幾家迪斯可，週末的顧客主要是來「找外國朋友」的菲律賓小姐。

「迪斯可？大白天已經有人跳舞嗎？」令我吃驚的事情，這世界從來沒有缺乏過。

「當然啊！她們晚上要回雇主家去。」這位歐洲朋友，名片上印的頭銜是「漢學家」，在香港已有五年，不僅對中國文化，而且對菲律賓人的生活方式都是頗爲了解的樣子。

到了駱克道，果然有好幾家迪斯可已經在營業中。我們上了其中一家的樓梯，突然間走進了沒有陽光的世界。在各種顏色的照明下，搖身跳舞的幾乎都是菲律賓小姐。

「往裡邊走，那裡有吧檯。」弗朗克好像是這裡的常客。靠著吧檯，喝啤酒的大部分是西方男人，他們的視線不時往舞池，在那些小姐身上掃一掃。

「西方男人來這裡找女朋友比較容易。但是，今天很多是老頭，小姐們喜歡的年輕小夥子倒不多。」弗朗克給我介紹這裡的遊戲規則。「西方人覺得菲律賓女孩子很可愛。她們一方面比香港女孩子可親很多。另一方面，菲律賓人相當西方化，文化上有點像南美人。所以對西方人來說，溝通比較容易。」

我們站在裡邊，觀察別人的樣子。小姐們都打扮得很漂亮，穿著貼身黑T恤、牛仔褲，跳起舞來相當在行。相比之下，男人的品質就比較差了。大肚子的中年人，滿臉的皺紋，打扮得也不怎麼樣，難怪都還沒找到「朋友」，在默默地喝啤酒。

「菲律賓小姐要是喜歡你，就會主動地向你笑。要是不喜歡你，那麼理都不理你。哎！那個女孩向我笑了……」說著弗朗克已經開始跟旁邊的女孩子講話。

在我面前，有一對男女正在緊緊擁抱，是高大的西方男人和矮小的菲律賓女孩的一對。周圍的人一點都不看他們，誰也不覺得有什麼奇怪。說到底，大家來這裡的目的只有一個，就是要找異性朋友。

弗朗克帶我去舞池跳舞。因爲今天好男人不多，小姐們都跟自己的夥伴跳，大家仍然很開心、很痛快的樣子。她們離開家鄉來香港，每天在別人家裡料理家務、看孩子，有時受罪都說不定。到了星期天，要打扮起來上迪斯可，跳跳舞，看看有沒有帥哥，也許是很自然的事情。假如有一點不怎麼尋常，那麼就是，這一切都在大白天進行。但這也是因爲有在香港的菲律賓灰姑娘所必須面對的現實。

「帶她們過夜是很困難的。當然不是我自己的經驗，是朋友們告訴我的。」弗朗克忙於爲自己辯解。周圍的菲律賓小姐們一個一個地向他微笑，畢竟他是今天少有的年輕小夥子之一。

我們出來的時候，天已經黑了，在駱克道上的霓虹燈比剛才顯眼得多。弗朗克帶我去其他兩三家，裡面的景色都差不多。我大白天去迪斯可是平生第一次，而且這天我去的地方，跟我以前去過的迪斯可很不同，給我的印象卻並不壞。那裡充滿著人的各種慾望，但是好像大家都遵守遊戲規則。也許不怎麼道德，可是又很自然，甚至很健康。

「謝謝你。如果不是你帶我去，恐怕我一直不知道有那種地方。」我跟弗朗克說。

「哪裡哪裡！香港可研究的事情還多著呢！」這位漢學家說著眨一眨眼睛。

色情產業與性觀念的反比例關係

我有個假設：色情產業越發達的地方，人們性觀念越保守，性壓抑的程度越高。聽起來也許跟一般社會的常識相矛盾，可是只要我們思索哪種人才是色情產業的顧客，就很容易證實我的假設。性意識開放而享受豐富多彩性生活的人，和性意識保守而性生活貧乏單調的人，誰更可能是色情市場的消費者？我相信後者擁有的黃色雜誌多於前者。

西方人來東方看見色情產業發達的程度，經常誤解東方是性觀念很開放，甚至很放蕩的社會。東方人經常誤解性觀念開放的西方，應該有比東方更五花八門的色情產業。事實卻恰恰相反。歐美國家哪裡有報攤公開賣黃色雜誌？都是放在小孩子看不到的最後一排，或者「未滿十八歲恕不接待」的特種書店裡。東方國家哪裡有正經人士去「單身酒吧」勾搭一夜情的伴侶？古老的東方很少允許男女之間此類匿名性的邂逅。

色情產業分色情產品業和色情服務業兩種。前者包括黃色雜誌、錄像帶以及性玩具等，後者則是各種各樣方式的賣淫。不管在什麼地方，色情產業的大部分顧客是男人。

在美國，刊登男性裸體照片的Playgirl雜誌，主要讀者是男同性戀者。在泰國，小男孩的主要買主又是男同性戀者。

我並不認為這是由於男人比女人好色的緣故，倒覺得是因為男人的性慾比女人更單純，更容易滿足，因此更容易市場化。滿足女人需要的色情產業只好走「訂做」的路，使得成本太高，很難大衆化。

我在加拿大多倫多去過一家脫衣舞廳，在一樓女人脫衣，在二樓男人脫衣，氣氛非常不一樣。在一樓，舞台上的脫衣女郎板著臉只是脫光衣服而已，男性客人像發呆似地凝視著她們，百看不膩的樣子。在二樓，幾乎沒有單獨來看的人，多數是情侶或者下班以後幾個男女同事一起來尋樂。舞台上的男人專業性很高，不僅很會跳舞，而且一個人跳出「故事」來。台下的客人拍手鼓勵演員一層一層的脫衣服，直到身上只留一件東西為止。換句話說，一樓是單純的女性裸體展覽，二樓則有「演出」可看，門票也比一樓貴兩倍。這是因為男人光脫衣服起不了令人興奮的作用，而必須加上表演的關係。

色情產業很發達的東方，則很少有針對女性的產品或服務，日本的「淑女漫話」算是例外。可是過去十年，日本的色情產業走向極端化（如性施虐／受虐的大衆化）的同時，媒體開始報導「日本進入無性愛時代」的消息。如今不少年輕夫妻，甚至「情侶，都認為男女關係不一定需要性生活，像同性朋友一樣一齊看錄像帶玩遊戲即可。這有可能是「物極必反」的結果，亦可能是因為人們的性慾下降，才需要比較極端的外來刺激做「輔助」。

近幾年香港的色情產業勢如破竹，我估計香港人的性生活也開始出了問題。

女人討厭男人對色情產業的興趣，我想主要是她們感到本來應該屬於自己的注意（attention）給別人奪去了。從伴侶身上得不到滿足的性慾，又不能在色情市場上解決，所以女人更加地恨專門爲男人服務的色情產業。如果社會的性觀念開放的話，她們會有跟異性邂逅的機會。然而就是因爲沒有這種場合，男人才需要光顧色情市場。換而言之，色情產業的繁榮顯示，社會上的好男好女正在煎熬中度過孤獨的夜晚。

銅鑼灣的女人「天堂」

「未滿十八歲，恕不接待」的地方，我並不經常有福氣沾邊兒。只是那天工作真忙，我覺得實在很疲倦，想要給自己一次享受的機會。於是，我翻了翻香港的黃頁，找到了位於銅鑼灣的「××天堂」——那是一家桑拿（三溫暖）浴室。

出了地鐵站往灣仔的方向走，從遠處已經能看到這人間「天堂」浮華的霓虹燈。不料，推開大門，我聞到的卻是名副其實的燒香味兒，還有黃金色的觀音像向我微笑著。一位穿著白襯衫、黑褲子的小姐不知道從哪裡跑出來，幫我開電梯門，按好了「2」字電鈕。原來，「天堂」分男賓部和女賓部，女人的「天堂」在樓上。

掌櫃的漂亮女人，帶著職業性的笑容，眼睛動得非常敏捷。她觀察我不到兩秒鐘，便很自信地下結論說：「You are Japanese.（你是日本人。）」果然，她是專業的。

我拿把鑰匙，到更衣室去，脫光衣服，然後用白毛巾圍好全身，穿拖鞋到桑拿間。地方不很大，最多只能容納十來個人。一邊坐著兩個中國姑娘默默地看大型娛樂週刊；

另一邊是兩個白種女人忙著談天。我在中間的角落坐下來。

「你說，你看到了他抱著祕書？」

「是啊！」

兩個西方人均是純正的英國口音。我本來無意聽她們談話的內容，然而，可能因爲不懷疑周圍沒人聽懂英語的緣故，她們大聲地談著私事。

「不過，擁抱不一定是那個意思嘛！」

「謝謝你安慰我。但我可不是小孩子，一看就馬上明白是怎麼回事了。只是，我老公死不承認跟她有關係……」

我裝作沒聽見，只把眼球稍微轉過去。一個黃頭髮，一個棕色頭髮，年紀大概還不到四十歲，蒼白的皮膚，毛巾沒遮好全身的雀斑。

一個中國姑娘站起來走了，兩個西方人在繼續談話，另一個中國姑娘打開瓶子，雙手把油塗在身上。她背著我，臉是看不到的。她的皮膚雖說淺黑，卻滑得能令西方女人無限羨慕。

我開始想，這到底是個什麼樣的人呢？「××天堂」最低消費二百多塊港幣，對年輕女郎來說並不便宜。我的視線從她肩膀，經過她稍粗的腰部，再往下移，忽然注意到她身邊有個傳呼機，再往上看，我發現這位姑娘的指甲是黃金色的。

她塗油的動作很精細：從腳趾到腳跟，再到膝蓋、大腿，十個發亮的指頭不停地揉搽，簡直像是舞台上的表演，使我驚訝。

兩個外國女人卻一眼都不往她看，我不知道她們是否要刻意忽視這金指甲的女人。「你知道，這種故事可多著呢！尤其在香港，有很多本地的女孩子願意跟白種男人……」

金指甲的女人側了一點臉，我才看到她原來不是個美女。鼻子扁，嘴唇厚，頗像是中國北方的農村姑娘。她也沒有表情，眼神死死的，像在催眠狀態一般，把油搽進全身的毛孔裡。

桑拿間很熱，我的毛巾已經溼透。兩個西方女人要去沖涼，我也跟著她們走。放水的噪音一時使我聽不到她們在講什麼。水一停，一個人的聲音又跳進我的耳朵裡：「有時候，我非常害怕。我一天比一天老，很快就變成像我媽媽那樣的老太婆。她滿嘴都是怨言，對生活很悲觀……」

我一出來，掌櫃的女人就給我一杯鮮橙汁，接著帶我到像酒店單人房一樣的按摩間去。一會兒，來了個年輕可愛的按摩小姐，她穿著粉紅色的制服，還會講幾句英語。她的手藝不很精熟，卻工作得很認眞。整整一個小時，從我頭頂、面部、背後，到腳脖子、手指尖，她很花力氣地按摩。我不知不覺地開始睡覺，直到房間裡的電話響起爲止。按摩小姐告訴我：時間到了。

在大廳裡，有幾張沙發。有人看電視，也有人看雜誌，講電話。剛才那個金指甲的女人在休息，還是沒有表情，正在不停地抽菸。旁邊有兩個二十來歲的西方人，說的是美式英語，講的是男朋友，話題都一樣：她們在香港遇到的是一個接一個的不忠誠、不負責的男人。那麼多女人的半裸體，都很鬆弛、都很疲倦。

我已經明白了，到這個女人「天堂」來的，基本上只有兩種人：第一種是外國女人，跟女朋友一起來，互相訴苦，彼此發牢騷；另一種是特殊行業的中國女人，來默默地保養她們唯一的資本。掌櫃的漂亮女人充分把握哪一個客人屬於哪一種人，正如我一進來她就能評定我是什麼人。

「未滿十八歲，恕不接待」是什麼原因，我不知道，起碼在女賓部，服務都是正經的。不過，我也明白，這不是純潔的年輕女孩要來的地方；只有被生活污染、口袋裡卻有幾百塊的人需要來這裡，爲了洗刷熱水肥皂也洗不乾淨的污垢。

走以前，我用涼水把全身再沖洗了一遍。之後，我到更衣室去穿衣服。無人的小房間卻不寂靜，從好幾個鎖著的櫥櫃裡響起來的是傳呼機和手提電話的聲音。

假如我是男人

這酒吧叫「現代啓示錄」（Apocalypse Now），跟好萊塢的經典作品是同一個名字。那是美國人反思越南戰爭的影片，而這是在解放二十週年的西貢，越南人開的酒吧。

來這兒，原來是澳洲畫家伊恩的主意。我一聽名字就覺得很有趣。如今在改革開放的胡志明市，當地越南人開酒吧而取這樣的名字，到底用意何在？

然而，走進「現代啓示錄」一步，我的思考馬上被打斷。因爲在我眼前展開的情景，簡直像走進了二十多年前越戰時期的西貢，或者好萊塢的越戰電影裡。美國式的酒吧，除了吧枱以外，裡頭還有張桌球檯，放著的音樂是一九六、七〇年代的搖滾樂。顧客全是西方男人，在他們身邊諂媚的則是化著濃妝、穿著黑色貼身衣服的越南小姐。

我們在吧檯邊坐下來喝越南「333」牌啤酒。在這兒，大家都直接從瓶子裡喝（美國式），我特地另外要了個杯子。

這是一個什麼樣的地方，是再明顯不過的。但我還是問伊恩：「那些男人是誰？那些女孩子到底是怎麼回事?」

「男的?年輕留長頭髮的看來是遊客吧!在裡面坐的幾個中年人倒像在越南工作的。小姐們是來這裡找『朋友』的。你沒有注意到嗎?這條街有幾家小飯店,是專門爲他們服務的。」伊恩說。

有個十歲左右的孩子走來賣香菸,也有個老女人向西方人伸手要錢。站在吧檯裡面的年輕越南老闆對這一切是司空見慣的樣子,頭都不抬,仍然拿著計算機忙於算帳。

也許我是少見多怪,但這是我第一次東南亞之行,我從來沒看過這種情景。再說,在社會主義國家越南,我更加沒有此類思想準備。我不由得全身都緊張起來,很難喝下啤酒。在這兒,我是來花美金的外國遊客之一,但我也是黃皮膚黑頭髮的東方女人。

「走吧!」我邊跟伊恩說邊站起來。「你怎麼了?還沒喝完啤酒呢!」他不理解我的行爲。

我們離開「現代啓示錄」,搭三輪車到另一個地區,那裡有很多咖啡廳,有男女老少的西方遊客吃雪糕、喝奶昔。

回到「安全」的地方,我才鬆了一口氣。「對不起,我眞沒想到是那種酒吧。」我說。

「啊!是這樣。你也沒去過曼谷吧!你應該理解,這兒不是西方,文化環境不同。東南亞就是這樣子。」伊恩說。

他的話令我感到很意外。在我腦子裡，越南是胡志明的軍隊打敗了美國的社會主義國家。可是，對這位快四十歲的澳洲畫家來說，越南只是一個發展中的東南亞國家而已。「現代啓示錄」跟曼谷無數的酒吧沒兩樣，因此不足爲奇。這樣子，伊恩開始給我介紹他在曼谷的經驗。

「在澳洲，嫖妓是可恥、不道德的行爲。妓女一般都吸毒，大概也有病，所以一般的男人不敢接近她們。可是在泰國，普普通通的男人吃完了晚飯以後，跟一批朋友上妓院，這在泰國是很正常的行爲。你明白我說文化環境不同的意思嗎？」

我點了頭，雖然在心裡相當吃驚。不同的國家有不同的文化，所以同一個人的道德標準都馬上可以不同！

伊恩在繼續：「而且那些女孩子特別會調情，不僅很漂亮，而且從容自信，很有傲氣。吸引她們，是很有挑戰性的。」

「挑戰性？」我忍不住問。「她們是妓女，有生意可做，應該很高興，很願意吧！」

他說：「你才不懂。跟『現代啓示錄』的小姐們一樣，那些女孩不屬於酒吧，是主動地來找『朋友』的。假如看不上我，她們可以拒絕我。例如我問一個小姐『多少錢？』，她回答說『一百萬美金』，那麼我的自尊心要受多大的傷害！」

我不知道是否眞有很多妓女那樣拒絕嫖客，但我知道伊恩相信自己講的話。他需要相信妓女有選擇的權利，因爲他畢竟是一般的澳洲男人，在家鄉不敢嫖妓。雖然他說道德是因地制宜的，但他還是需要把嫖妓幻想爲一種兩廂情願的關係，否則心理不能平衡。

就是因爲我知道他老實，所以不想反駁他。我說：「其實，我曾想過幾次，假如我是男人，今晚大概要去嫖妓。那是我只想要性、而不想要愛的時候。我羨慕男人花錢就可以買到性，不需要考慮感情的問題。我知道有男娼，但女人跟男人不同。這不是文化問題，也不是道德問題，而是生理問題。」

伊恩說：「跟妓女上床，那件事本身絕不可能很好。跟一個陌生人，在陌生的地方，匆匆忙忙地做愛，實際上是很乏味的。」

我說：「假如我是男人，我想跟你去曼谷走一走。假如我是男人，我今晚也許想回到『現代啓示錄』跟一個越南小姐租房間。哪怕只出於好奇心，我想知道她們是怎麼回事。」

伊恩忽然把一隻手放在我肩膀上，說：「你不需要，你可以來我的房間。」

我馬上站起來，告訴他：「你誤解了我的意思。我不是男人，我是女人，我是東方女人。」說畢，我叫了三輪車，自己回飯店去了。

蠲女傳說

「你聽說過『蠲女』沒有？」泉田問我。

他是年過半百的日本作家，是我的前輩同行。昨晚他抵達香港，爲的是蒐集報告文學的材料。今晨我專門跑來上海街，在他下榻的旅館附近，一起吃火腿通粉當早餐。

「你說什麼『女』？」我沒聽懂，反問了他。

「是『蠲女』，蝴蝶的幼蟲叫『蠲』，不是嗎？蠲女是把兩條腿、兩條胳膊給人砍掉，殘廢成蠲一般的樣子，然後在雜耍場或酒吧裡，淪落爲展品的女人。」

蠲女？我一時目瞪口呆，反應不過來。

但在我腦海裡，當初模糊不清的鏡頭，逐漸開始有了焦點。

我忽然想起來問道：「那是不是在服裝店失蹤的新娘？」

「沒錯！果然你也知道。」泉田破顏一笑，很滿意似地點了點頭。

蠲女，我確實聽說過，但是好久以前的事了。大約在二十五年前，我當時是個東京的小學生，在課間休息時同學們交換的鬼怪故事當中，有一個是關於沒腿沒胳膊的殘廢女人。

而且整個故事，據說，是在香港發生的……

一對新婚夫婦，剛在日本辦完婚禮，飛往香港度蜜月。他們一到飯店放下行李，就手拉手地出去逛街。在街上的服裝店，新娘看上了一件連衣裙，高高興興地帶到試穿室去，新郎在外面等著她。穿上了好衣服，年輕的新娘一定會特別漂亮。

不過，等了五分鐘、十分鐘，新娘遲遲不出來。一開始，新郎看著手錶說服自己，陪女人買衣服是要有耐心的。然而，過了二十分鐘，新娘還是沒有出現。心裡感到不安，他不管三七二十一，闖進女試穿室。他擔心新娘生病了。

未料，裡邊兒沒人。難道新娘突然間蒸發掉了？新郎找售貨員問，可是語言不通。他跑到警察局去，可是沒人理他。後來，他只好去日本領事館投訴。可是，官員跟他說，香港是「魔都」，每天好多人給綁架失蹤，他的新娘恐怕找不到了。

過幾年，他在日本收到一則消息。九龍城寨的一家地下酒吧，有不可告人的展覽，是把兩條腿、兩條胳膊都給砍掉的幾名「躅女」，其中一個是日本人，容貌很像當年失蹤的他太太……

「沒想到，隔了這麼久又要聽到躅女，都二十五年了。」我吃著火腿通粉跟泉田說。

「我這次來香港，就是爲了採訪有關躅女的情況，不知你能不能幫我？」他一本正經地說。

「什麼？你以爲眞的有躅女？那是多年前小孩子瞎編的呀！」我說。

「不見得，」泉田斷然否定我的話道，「躅女的故事，過去二十多年，在日本一直有傳說。女人給綁架的情況，有好幾個不同的版本。有時候，罪犯只砍掉女人的兩條腿，以圖不讓逃跑。無論如何，每一個案件都發生在香港，我估計有事實根據。」

「那麼，在香港爲什麼沒有人講呢？」我很吃驚地問。

「大人失蹤，警察不一定當案件處理嘛！特別是新婚夫妻，吵架之後跑掉的新娘，並不是少見的。」

「是這樣？」

「對。成了躅女，給人看見，才是案件。可是，那種展覽一定屬於地下世界。誰敢去報警？最近又有日本婦女在香港失蹤了。有人去離島的地下酒吧看躅女，其中一個小聲用日語說：救救我。恐怕是她，這是很可靠的消息。」泉田的表情和語氣都挺認眞。

這位作家，我是兩年前在紐約唐人街，替日本電視台拍紀錄片時認識的。泉田從前在那裡住過一段時間，跟當地幫派分子很熟，因此導演請他來幫忙。我始終搞不明白，他是如何深入華人地下世界的？他不太會說中國話，卻寫過幾本報告文學的書，都跟華人黑社會有關。

如果不是泉田，而是別的日本作家提到躅女，我肯定一笑置之。小孩子亂講，還可以理解。大人去當眞的，簡直是開玩笑。然而，泉田這個人，是有神祕的消息來源的。

「我只是想見一兩個蹓女而已。但是，看來你沒有線索。」他說。
「不好意思。」我對前輩是要講禮貌的。
「別客氣。不過，旣然有你在，能不能幫我打一個電話？雖然常來香港，我是完全不懂廣東話的。」
我們離開茶餐廳，走路到泉田住的地方。那是一家小旅館，主要爲大陸人服務，房間裡只有單人床和上面放著電話機的一把椅子。從窗戶往外看，對面是賣棺材的商店。
「你打這個號碼，找陳先生，說東京湯先生的朋友有急事。」泉田告訴我。
我按照他的指示去辦事。泉田站在旁邊繼續道：「告訴他，請盡快到上海街×××號三樓第四號房間找我。」
掛了電話，盡了做爲後輩的責任，我要走了。至於那陳先生是誰，泉田怎麼樣跟他溝通，都是不關我的事。
在香港住了兩年多，我第一次聽到這般奇怪的故事。今天的香港是連狗肉都不讓吃的英國殖民地，怎麼可能有殘廢女人的展覽？即使世上眞有蹓女一回事，在香港綁架日本遊客，風險大得不合算吧！
可是，看泉田的樣子，他似乎有理由相信，在香港能見到日本蹓女。
回到家，差不多中午了。我發現有一張傳眞信，是一家報館的編輯傳給我的。
「有個叫桐原榮子的日本人要找你，說是你的老同學。她現時住在香港，家裡的電話號碼是二七八六四四××。」

桐原榮子，這個名字我記得很淸楚。她是我初中一年級時候的同班同學，個子長得特高，手腿很長，從小就學跳芭蕾舞。平時走動，榮子都顯得非常優雅，極像在迪士尼卡通片裡的小鹿 **Bambi**。

在我印象中的榮子，一直停留在十三歲。因爲我們要升初二的春天，她考上了英國皇家芭蕾舞學校，離開日本，到倫敦留學去，轉眼之間，至今二十年了。

沒想到，榮子如今在香港，而且知道我也在。這麼多年沒音訊的、青梅竹馬的老朋友，能在異鄉重逢，這種機緣，實在難得。

我正要給桐原榮子打電話的時候，電話鈴先響起來。一接，就聽到泉田的聲音。

「我有些消息了。這邊的兄弟們說，香港確實有躅女。不過，要看展覽，非得到香港境外不可。而且，那種展覽是流動的，在同一個地方，不會超過兩天，很難找了。」泉田說。

「那你怎麼辦？」我問他。

「一個辦法是，去她們所住的地方。聽說多數躅女住在高級住宅區，平時有人好好兒照顧她們，也不奇怪，一次展覽能賺好多錢。」

「躅女住在高級住宅區？」

「對。不過，今天我要先去一個離島，是在中國境內的。據說，新機場工地的工人，晚上閒著，坐船去那裡玩。即使看不到蠲女，一定會很好玩吧！」

「有人帶你去嗎？」

「已經安排好了，下午就出發。明天早晨，我再給你打電話，請你吃龜苓膏，是宿醉的特效藥。那個時候，你幫我寫香港高級住宅區的清單，行不行？」

泉田的故事，越講越奇怪。這位前輩，不管在什麼地方，總是對奇怪的事情有特殊的嗅覺。

我先把蠲女的影像從腦海裡掃出去，拿起剛才的傳眞信，要給桐原榮子打電話了。

「哈囉！」接電話的是啞嗓的小夥子，讓我感到稍微意外。

「請問，榮子小姐在家嗎？」我用英語問。

對方不說話，好像就在找榮子了。

過了兩分鐘，我聽到一個日本人的聲音說：「喂？是你嗎？」

「榮子？」

「是啊！多少年了，我眞的很高興……」說著，榮子感動得哭出來。

「不要哭了，你爲何這麼傷感？」我有點摸不著頭腦地問。

「因爲，在這裡，我的生活太慘了、太孤獨了。」

「你來香港多久了？還在跳芭蕾舞嗎？我沒想到你離開了英國。」

「芭蕾舞……以我現在這樣的身體，不可能再跳了。」

「怎麼？你生病了？我記得很清楚，初中時候，去看你的演出，細細長長的腿和胳膊，動得多麼美麗。」

「咳！不用提了，都是過去的事情。生活對我太殘酷、太不公平了。來了香港以後，我完全變成了另一個人，如果你現在看我，不會相信跟當年是同一個人。」

「你別對自己太刻薄了，都二十年了，大家都是中年人，誰也無法保持年輕時候的身材。」我安慰榮子說。

「不僅是年齡的問題。我整天給關在家裡，偶爾被帶出去，只有給人笑的分。我活得太苦了……」她又哭出來。

「榮子，我們見面，好好聊天吧！」

「可是，我是不方便出去的，除非你能來這裡看我。對了，你今天有空嗎？正好老頭子不在香港。」

「你住在什麼地方？」

「在港島南區，離赤柱不遠的舂坎角。」

「高級住宅區了！」

「咳！反正我哪兒都不能去，有什麼用？能跟你見面，我非常高興，不過，你一定要答應我，看到我現在的樣子，你千萬不可以笑，再說，你也千萬別告訴在日本的朋友們，否則，我的自尊心絕對受不了。」榮子囑咐我。

掛上了電話，我覺得莫名其妙。當年的小鹿 Bambi，顯然出事了，不能跳芭蕾舞了，而且在香港的高級住宅區，整天都給關在家裡。剛才接電話的小夥子到底是誰？榮子所說的老頭子又是誰？

一個鐘頭後，我在開往春坎角的計程車上，很難打消不祥的預感。在榮子告訴我的地址，有俯瞰赤柱灣的、西班牙別墅式的一棟小樓房，附近沒有民房，也沒有商店，環境特別安靜。

下了車，按門鈴之前，我先做深呼吸。

門鈴一響，我就聽到有人從二樓蹦蹦地跑下樓梯來。不一會兒，房門往裡頭打開。我看到一個異常肥胖的女人站在那兒，我差一點沒叫出來，刻意用平靜的語氣道：「好久不見了，榮子。」

在飯桌上擺滿了各式各樣的西方菜，一看便知道是放了很多黃油、奶油的，卡路里和膽固醇應該都很高。

榮子告訴我說，她還在英國、沒到二十歲的時候，跟一個瑞士銀行家談了戀愛，他年紀比她大十八歲，如今是過了五十歲的老頭子。結婚以後，榮子放棄芭蕾舞，在十五年裡生了四個小孩。老大是兒子，現在十四，正在變嗓子，聲音沙啞了。

「最小的還在吃奶，我哪兒也不能去。反正，胖了四十公斤，找衣服穿都不容易。老頭子說，我太難看，帶我出去要給人笑。」榮子搖動著高大的身體說。

他們搬來香港已有十年，榮子每天在家裡，燒菜、看孩子、懷孕、生孩子，一年比一年胖。

「你別客氣了，請多吃一點東西，都是我親手燒的正宗瑞士菜。」榮子說。

看著滿桌油膩的飯菜，我忽然想到泉田，明天早上，他請我吃龜苓膏，會幫助消化嗎？

英國女人談祖國

費思是英國女人。年紀四十多？五十多？我不敢肯定也不敢問。不過，我知道她結過兩次婚，離過兩次婚，來港單獨生活已有四年半。「原來我是準備去日本找工作的，沒想到卻在香港住下來，而且一住就是這麼長時間。」她說。如今費思會說點廣東話，也很愛吃中國菜，尤其是素菜。

她有個男朋友，是在倫敦工作時候的老同事。他倆認識好多年，但是成爲男女朋友是費思搬來香港以後。長途戀愛有種種困難，只有雙方放假的時候才能見面，比如說聖誕節、復活節。然而，他們放假的時候也是別人放假的時候，訂飛機票、訂飯店，容易成問題。我問她：「你爲什麼不搬回去跟他一起住呢？」費思連續搖幾次頭說：「搬回去？我絕對不敢，太可怕了。」

英國有什麼可怕的？「生活太累了。以前上下班都要兩個鐘頭，回家以後又要自己弄飯洗衣服。不像在香港，去哪裡都很方便，請傭人又很便宜。我太老了，不想再過那麼辛苦的日子。」費思說，在英國，請傭人不僅很貴，而且不被社會接受。「平時還好，到了週末眞要命，常在家裡請客吃飯。打掃、買菜、做菜、洗碗，全都得自己做。你別忘了，我是女主人，還要打扮，跟客人聊天，給他們倒茶、倒酒。我寧願在香港做傭人。」

但在英國，生活質量不是比香港高嗎？「沒有香港吵鬧，那是肯定的。街上又乾淨。房子可能也更大，但住在郊外就不怎麼方便了，去哪裡都要開車。而且你知道大房子意味著什麼嗎？有多餘的房間可以讓朋友們住啊！這樣一來，週末來吃飯的朋友，喝醉了以後便留下來。不像在香港，大家都可以搭的士回家。有朋友住嘛，要洗床單，也要熨。別以爲那是小事，有時星期五住兩個朋友，過兩天又有別人要住。我不是旅館老闆娘，白天還要上班的。」

不過，結了婚，丈夫也可以幫忙，不是嗎？「沒錯，他可能幫我洗碗。但是男人在家裡永遠是助理而不是負責人。比如說，到了聖誕節，誰爲十來個親戚買禮物？當然是太太。去了朋友家吃飯，誰寫張卡表示感謝？當然是太太。總而言之，爲全家保持體面是女人的義務。你別忘記，我白天還要上班的。」

所以，費思不願意回英國再結婚？「現在的男朋友很好，他常去我母親家陪老太太，他很懂得體貼別人。而且我們以前是同事，他很欣賞我的工作能力。但結了婚，會怎麼樣，又很難說了。因爲家庭給女人造成的種種麻煩，不僅來自丈夫，而且來自整個社會。如果我不按照社會的要求做事，我丈夫也許無所謂，可是輿論就不會放我的了。

我離婚，好比是離開了監獄。誰會自願再去坐牢？何況我已經離過兩次婚。雖然我很想男朋友，跟他度假很開心。但度假是做夢，日常生活才是現實。講現實，我寧願一個人在香港，喜歡吃就吃，不喜歡吃就拉倒。」

費思認爲婚姻對女性沒有多大好處。「你愛一個人，所以才跟他結婚。你愛他，所以要對他好。但是，男人慢慢開始以爲侍候他是你天經地義的義務。大家都喜歡有人侍候，我也喜歡啊！單方面地給男人侍候，好比是成了免費的傭人，那種感覺眞不好受。再說，英國男人嘛，他們會很殘酷。我指的是精神上的殘酷。表面上，他們很斯文，從小就學怎麼做個紳士，當然不會向女人動手。可是，語言、表情、態度，仍然會很殘酷，害死人。」

她說，以前在英國的時候，她以爲英國的一切都理所當然，來香港以後才知道，原來在世界上有各種各樣的生活方式、價值觀念。同時，她也發現，英國女人不一定比東方女人幸福。「麻煩的是，大家都知道東方女人地位低，但沒人理解我們在英國面對的壓力和困難。我埋怨那裡的生活，好像很自私、很任性似的。」

費思在香港得到自由，實際上是做爲外國人在異鄉生活的緣故。如果她是香港人，恐怕她不會覺得跟現在一樣自由，因爲香港社會也有各種不自由，包括給女人的壓力，只是外國人不受其影響罷了。費思說不想回英國，想一直在香港。但到了一九九七年夏天，米字旗將要下來，那個時候她怎麼辦？要不要留在香港特區做眞正的「外國人」？

當我提出這一問題的時候，四十多歲還是五十多歲的她，忽然像受驚的小孩子般目瞪口呆，只能不知所措地搖搖頭。

香港人造花

日本列島位於兩個大海之間，東邊有太平洋，西邊有日本海。前者是旭日升起來的大海，後者則是夕陽落下去的大海。早晨和傍晚，太陽是一樣的，不同的只不過是人的感覺。話是這麼說，若原還是很想念早晨太陽升起來的大海。

他本來屬於太平洋，在東京郊外湘南地區看著旭日長大的。如今生活在日本海邊一個小鎮，每天下班回家時，遠處看到在海上落下去的太陽，心中難免有淪落的感覺。

四十三歲的若原一個人搬到這個小鎮，已經有三個月了。在新任職的公司裡，大家都看得起他，若原畢竟是海外回來的。老鄉們連東京都很少去過，更何況國外。

今天中午，他跟三個女同事一起到公司附近的中華料理店吃飯去了。

「若原先生，香港的餛飩是不是跟這個差不多？」問著她用一雙筷子夾了薄薄的餛飩，裡面的肉餡兒少得可憐。

「香港的餛飩？完全另一回事了。裡面有蝦，顏色像粉紅珍珠，而且跟燒賣一樣大⋯⋯

……」

「餛飩跟燒賣一樣大？不可能！你眞會開玩笑。」三個日本女人哈哈大笑起來。

「是眞的。香港中環有全世界最長的電梯，旁邊有家麵店，那裡的餛飩麵，實在不簡單，上面放著好幾個餛飩，大小跟高爾夫球差不多。再說，價錢很便宜，才十多塊港幣，約合兩百日圓。」

「兩百日圓！喔，太便宜了！」她們相視而愣。也難怪，在日本，連小鎭中華料理店的餛飩麵都收六百五十塊錢一碗。

跟同事們聊天，若原總是覺得自己是外人，說話時的口音、舉止、思想、生活經歷，統統都不同。雖說大家都是日本人，溝通談何容易？相比之下，在香港住的九年半，他感到自由自在，至少在生意開始虧本之前。

本來，若原對香港是一無所知的。大學畢業以後，他在東京一所中學教了十年的書。有一天晚上，他在街上碰到了個老同學，他原先在一家商社做事，當時剛辭職自己當了老闆，並且打算在香港開分公司。

「你聽說過李嘉誠吧！他是香港數一數二的富翁，當初是做塑膠花起家的，現在我準備做的也是人造花的生意。我原來任職的商社從香港進口人造花。可是，在香港製造，成本已經太高了，不如去中國生產。說中國，其實是跟香港鄰近的深圳特區，我需要一個合夥人常駐香港，負責生產方面，你感不感興趣？」在新宿火車站後邊的鰻魚店，老同學喝著啤酒問若原。

那之前，若原沒想過改行做生意，更沒想過去國外。可是，李嘉誠和人造花的故事，他在財經雜誌上看過了。香港好像有魔法，做塑膠花竟能成爲億萬富翁。

當時，若原三十三歲，結婚兩年，一個女兒剛滿週歲。如果繼續在日本教書，他的生活十年如一日，保證穩定卻不可能有任何發展。老同學所要求的投資額，只要賣房子就夠了。

他想到這兒，等於做出決定了。

最大的阻力來自岳父。

「我允許女兒跟你結婚，因爲你是教書的。做老師，被人尊重，收入穩定，何必賣掉房子去國外冒險？如果事業失敗，我的女兒和外孫女要受苦了。我絕對不同意！」岳父自己做了一輩子公務員，對他來說，穩定壓倒一切。

若原的太太哭了幾天。一方面，她受不了丈夫和父親鬧矛盾；另一方面，她也害怕帶小孩子去國外住。但新婚夫妻的感情很濃，無法想像分開生活。到了最後，小家庭的三口子還是搬到香港去了。

後來，太太常常埋怨若原道：「爸爸說得對，你完全變成另一個人。」

她說的也有一定的道理。若原本來是唯唯諾諾的高中教師，以安分守己爲終極原則。一到香港，他就受了環境的影響，有如忽然發現了眞正的自我，業務開展得很積極，而且很成功。

他沒有生意的經驗，沒有在海外住過，英語說得不怎麼樣，至於廣東話連一句都不懂。可是，他做事情很認眞，做人很老實，香港的行家們很快就接受了他。通過他們，若原也認識了不少大陸人。

來香港後不到三年，若原在深圳、東莞都建成了工廠，女工人數加起來接近一千。他找了從東北延邊來的朝鮮族經理，大學日語系畢業，在南方特區住過一段時間，跟若原的溝通完全不成問題，管理工人亦很有本事。

若原在香港、深圳、東莞三地之間不停地來回跑。有時候，一去大陸就是幾個星期。對他來說，拚命幹活是爲了小家庭，辛苦一點都值得了。

留在九龍家中的若原太太，卻有不同的感受。剛搬到香港時，女兒還很小，她整天都不能出去，結果悶悶不樂，若原勸過她雇個女工或保母。可是，太太的英語不好，她認爲，家裡有了外國人，反而造成心理負擔。

「你能不能多一點、早一點回家陪我？我覺得太悶了，而且很孤獨。」太太經常訴苦說。可是，若原的事業剛剛起飛，他沒辦法慢下來。

來香港後的第五年，太太生了第二個女兒，大女兒開始上小學，全家從九龍搬到跑馬地去了。買了新房子，對若原的家計壓力大了一些。不過，只要業務發展得順利，沒什麼可擔心的，香港以及華南的經濟前景仍然是玫瑰色。

在跑馬地有不少日本人住。若原本來以爲，太太可以交些朋友，心情會好轉。未料，從深居閨房的千金直接做了太太的她，雖說生了兩個孩子，年紀都過了三十，小姐脾氣還是改變不過來，一點不善於交際。人家的太太，要麼上課，或者結伴去買東西、喝咖啡，總有辦法打發無聊。若原的太太，除了送孩子上學和帶孩子去日本百貨店買菜，一步不出家門。

夫妻之間的感情，什麼時候開始疏遠，若原不十分清楚。由他看來，無論做什麼，他都沒法子讓太太開心。有時候，他去大陸工作幾天，回家時，全身都疲倦。一進門，他就得挨太太的罵：「你只關心自己，一點都不體貼我，這樣子不如離婚了。」說著，她激動得哭出來，讓若原感到更加疲倦。

在東京的時候，若原曾是個模範丈夫，搬來香港以後，他的成績下降，只是由於工作忙碌。他不會喝酒，所以除了應酬以外，從來不上夜總會等娛樂場所。他本來也沒有任何愛好，後來開始打麻將了，一個原因是工作的壓力大，他需要想辦法放鬆；另一個原因則是，家庭生活不愉快，他想盡量迴避見太太。

任何夫妻關係，一旦進入惡性循環，就很難找到挽回的轉機，若原和太太的關係也不例外。太太打電話給東京的父母說：「老公打麻將打上癮了。」在若原看來，等於打小報告。正經古板的岳父對他獨立創業本就不高興，現在幾乎把他當作流氓了。這樣一來，每年兩次回日本探親之行，若原也不陪太太和女兒了。

夫妻在一起的時間越來越少，若原在家的時間也越來越少。當妻女回國不在香港之際，他晚上常去澳門通宵賭博，那是他麻醉自己、忘記煩惱的唯一方法。若原覺得，賭博和生意很像，或者說，生意就是賭博。生意帶來的壓力，只好通過賭博去解除。有時候，一個晚上輸掉十幾二十萬港幣，雖然心裡吃不消，但只要事業辦得順利，他還是輸得起。

後來回想，九三、九四年是他生命的轉捩點。當時，他虛歲四十二，在日本算是「男人厄年」，按照傳統的說法，乃一生中運氣最差的一年。

過去幾年，若原的人造花生意一直很成功，他想把業務擴展到別的領域去了。畢竟，李嘉誠成爲億萬富翁，並不是光靠塑膠花的。

有人告訴他說，當華南經濟再上一層樓之際，最重要的是基本建設。目前卻因爲水泥不足，很多項目沒法進行。如果辦廠生產水泥，有得是客戶。於是，若原開始計畫在廣州郊區建設水泥廠。爲了這項工作，他在大陸待的時間更長了。

那個時期，有一天太太向他提出了分居的建議。她說：「爲女兒的教育著想，最好我先跟她們回日本去。在香港，連帶她們去玩的公園都沒有。」

如果眞的是爲了女兒，若原當然不能反對。可是，雙方都明白，一旦分開生活，夫妻之間的感情就不可能復原了。

「你是不是眞要跟我離婚了？」若原問了太太。

「現在的生活不是跟已經離了婚一樣的嗎？」太太反問他。

「還是有區別吧！」

「那麼，你到底愛不愛我？」

若原沒能回答。他是日本男人，本來就不會說甜言蜜語。而且，心中問自己到底還愛不愛這個女人，答案也傾向否定。

「你不愛我了，對不對？」太太追問。

「都是多大歲數的人了？還說什麼愛不愛。即使我不愛你，我還是兩個女兒的父親，你明白了沒有？」說畢，他抓錢包，走出家門了，目的地是澳門賭場。

若原並不知道，可是太太早就跟她父母商量過回國的事情。不到兩個月，她雙手拉著兩個女兒的手，飛回日本，並直接搬進娘家去。就這樣，若原見女兒都很困難了。

大概那個時候，他的運氣開始骨碌骨碌滾下坡了。

當他第一次聽到大陸經濟宏觀調控的時候，沒有預測到後果會多麼嚴重。之前一向上漲的水泥價格，很快就跌到一半了。他的水泥廠剛剛開工，每天生產帶來的是損失。原來寫的業務發展藍圖，全變成廢紙了。

九四年，若原在澳門待的時間越來越長。他知道應該採取措施，但是不知道從哪裡著手才好。太太從日本寄來了離婚申請單，他一氣之下，簽名寄回去了。

九五年，對若原來說，噩夢接踵而至。春天，水泥廠給搶劫，替他看廠的朝鮮族經理被毆打得差點兒就沒了命。他一出院，若原馬上又聽到他被捕的消息，是因經濟犯罪落網的。若原不願意相信，但是情況顯示，朝鮮族經理長期貪污了公司的錢，並去從事非法交易，得罪了當地的地頭蛇。看來，春天的搶劫案，是對他的警告。

無論如何，他是長期合作過的夥伴，剛出院不久就被拘留在大陸監獄，說不定這回眞會喪命，若原不能不爲他展開營救活動了。只是，在今天的中國，辦任何事情都需要錢、錢、錢。等警方最後釋放朝鮮族經理時，不僅是公司，而且若原個人都徹底破產了。

若原考慮過逃跑，甚至自殺，以人壽保險金來還一千多萬港幣債務的一部分。可是，如今的世界哪裡都有電腦網絡，連自殺的選擇，債權人是不會給他的。

這個時候，住在東京的老同學，即當初合夥做人造花生意的朋友，向他伸出援手了。「我買你的公司，先替你承擔債務。如果你不想回東京的話，去鄉下待幾年吧！以你的能力，日後絕對能東山再起。那個時候，還一千多萬港幣，易如反掌了。」他說。

離開香港之前的最後一個晚上，若原自個兒去中環電梯邊的麵店吃了最後一碗餛飩麵。半透明的白色皮兒包著粉紅色的蝦肉，看起來像巨大的珍珠。

東方之珠香港曾讓他做了賣塑膠花發財的夢。開始的幾年，好像夢在實現中，人造花要變成有生命的眞花。到底在哪裡走錯了路？他自己沒有答案。但人造花是不會謝的，若原的夢也不會謝。有一天，他一定要回到香港來，一定要東山再起。

「我愛的不是一個人，而是一個城市」

——一個嫁給香港的日本女子：羽仁未央

「我嫁給了香港——不是一個人，而是一個城市。我父親經常跟我講：『我早就有心理準備，有一天一個男人要把你搶走，卻沒想到把你搶走的竟是一個城市。』」

這是二十世紀末，在一個很特殊的日本女子和一個很特殊的城市之間發生的「愛情」故事。女主角叫羽仁未央，是現年三十歲的紀錄片導演；「男主角」大家都認識，曾經有過「東方之珠」之稱。這是很特殊而又很傳統的愛情故事：有預感，有相逢，有蜜月；經過挫折得到新的認識，感情變得更深，也使人成長。

說羽仁未央很特殊，相信她自己也不介意，畢竟她的背景和經歷都是獨一無二的。未央說，她的祖先約二百年前從上海到日本九州附近的羽根島做漁民，明治維新前夕花錢買了武士地位，如今還有收據。之後，羽仁家人才輩出，光是在商務印書館出版的《日本人物辭典》裡就有五個例子。對未央影響最深的是祖父羽仁五郎，他是著名的馬克思主義革命理論家，是戰時坐過牢的政治犯，他的著作《都市的論理》是一九六〇年代

「全共鬥」學生運動的聖經。她的父親羽仁進則是以動物紀錄片聞名的電影導演，母親左幸子是演員，未央是他們的獨生女（父母在她十三歲時離婚）。

未央的特殊經歷跟她的家庭背景直接有關。她一九六四年二月二十九日出生，五歲時跟父母去歐洲，在法國、義大利生活了兩年。當時父親在拍日法合作的影片，就叫《未央》，片中未央扮演一個在歐洲生活的越南孤兒角色。回日本後，未央很不習慣日本的學校，便宣布從此不上學了。她父親是自由主義者，經過幾次談判接受了九歲女兒的意願。這在日本是破天荒的事，未央成了新聞人物，接受電視台訪問，有條有理地批評日本的教育制度。

從九歲到十五歲，未央跟父親住在非洲肯亞。因爲父親要拍動物影片，多年的時間在草原上搭帳篷住，除了十來個攝影組人員外，她的朋友便是獅子、鬣狗、鱷魚。在那裡，看書是唯一的娛樂活動，未央看她父親的書，自己學會看英文書，她第一次看愛因斯坦的相對論就是這個時候。另外，她給日本雜誌寫在非洲的生活，後來還當了她父親的助手。「要離開肯亞時，我很難過。我從來沒有喜歡過日本，每次回到羽田機場，我一定要哭。」

在日本，十五歲的未央已經是小有名氣的文化人，她寫散文、小說、影評，主持電台節目，十六歲開始拍自己的電影。之後，一九八五年，「我二十一歲了，在日本待了六年，夠了。那時中英兩國就香港問題達成協議不久，出現了一批很有衝擊力的港產電影。於是我來香港逛一逛，發現香港社會比香港電影還要厲害。」

在這之前，未央早就對香港感到興趣了。「我從小就聽說香港是借來的土地，過了九十九年要還給中國。我在巴黎時見過從殖民地回來的人，肯亞又是原來英國的殖民地，我本來就對殖民地很有興趣。另外，我祖父曾在二〇年代的上海待過，我父親五〇年代則在紐約，都是黃金時代。我也要經歷一個城市的高峰期。」

我問未央對香港的第一印象。她想了一會兒才開口說：「我在生活感非常淡薄的環境裡長大。別人的生活，我總覺得很遙遠。如今還有香港朋友說我是沒有親切感的人，這改不了。香港跟我正相反，他的血很熱，在這麼擁擠的地方，香港人精神飽滿地生活。當時看香港人那麼密切的人際關係在我眼前展開，我像是仰天看煙火的小孩子。第一次來香港，我知道找到了對象，要搬過來住。」

很多人愛上一個城市，包括香港，但是跟一個城市能發生戀愛，甚至婚姻關係，卻使人覺得難以理解。「我倒覺得很正常，因為在我家，有人格的不僅是人。比方說，我祖父愛共產主義，正如他愛一個人。沒人挨餓，大家都能發揮自己的能力而得到公正的評價。他一輩子追求那樣美好的社會，雖然他的理想在這世界上沒有實現，他死時還抱著共產主義這個戀人。所以我從小知道戀愛的對象不限於人。」

一九八七年秋天，未央正式搬到她一見鍾情的香港。「我喜歡當時香港人的達觀，他們很積極地認命——熱愛自己的命，接受自己的命，保護自己的命。當然，我也不是一下子就喜歡上香港的一切的。可是，了解到他的身世，我能明白他的人格是怎樣形成的，包括我不喜歡的一面。我在日本出生，在很多國家成長，但眞正開始懂事是來香港以後。在我長大的環境裡，嚴厲的批評比溫暖的言辭受重視，香港卻教會了我理性不是一切。」

那時未央在嘉禾製片公司拍電影，作品是倪匡「衛斯理系列」的《老貓》。「我來香港後認識嘉禾的蔡瀾先生。他六〇年代在日本看過我父親拍的電影，記得片中的小孩，那是我。通過他介紹，我開始在嘉禾做事。天天跟香港人在一起，慢慢了解他們的生活和思想。有一天，我看到兩個半裸體的男人在黑暗裡互相擁抱，嚇了一跳。其實不是，他們是電影組的工作人員，在別人看不到的地方在談工作。這樣子可以不傷害別人的自尊，誰也不用覺得低人一等，大家仍然挺著胸膛工作。有時候別人的感情比作品還重要，這跟我受的教育正相反。香港教我尊重別人的感情。」這個早熟而有潔癖的少女開始接受人性不合理的一面。

「比如說迷信。我祖父是唯物主義者，連葬禮都拒絕了。可是在香港，不能不承認迷信對社會的安定起的作用。鬼佬建築師不高興風水影響他們的設計。我覺得，如果風水是香港人的定心丸，作品美觀上差了一點也無所謂。反正有風水先生的社會，比有很多心理醫生的社會健康、可愛。」未央開始感覺到她屋子裡有鬼，其中一個是男鬼，對她很不錯。她對此描述的生動程度竟迷惑不少香港人。「八成眞，二成假，這是人生的祕訣。」她說。

未央從來沒有覺得自己屬於日本。來香港三年後，她開始想：「我不回日本去了，那是外國。我是不會離開香港的了。」正好那個時候，她對香港的感情受到一次嚴重的考驗，那是八九年民運和接著發生的信心危機。

「我原來以爲香港人是不會夢想的，有點像父母親離了婚的孩子，他們傷過心，受不了爭吵，受不了再傷心。在長時間裡，香港人的心靈無緣無故地受傷害，不僅是中國大陸的政治動亂，也有殖民統治，這是非常非常不公平的體制。所以，爲了保護自己，香港人故意不去夢想。

「那年春天的大示威，使我很吃驚。香港人終於開始夢想，我覺得非常美。我祖父六〇年代是學生運動的煽動者，我看過很多人的夢想最後破滅。由於我的家庭環境，我知道夢想很難實現。假如有夢想的人不知道自己是在夢想，結果往往是很狂暴的；日本的全共鬥運動就是那樣結束的。八九年的香港人卻一開始就知道自己在夢想，同時覺得很幸福：自己能夢想得那麼美，那是個多麼和平的夢想。

「我看到有人在牆上寫：『我不用移民到加拿大了。』香港人對北京的學生運動這麼有切身的感受，所以能付出那麼大的力量。那是大陸的中國人和香港的中國人第一次這麼團結。我六九年在巴黎，見過很多示威、流血事件，可是從來沒有看見過八九年香港人那幸福的表情。以前沒想過參加政治活動的普通老百姓，都拉著小孩子的手上街，路邊有人從窗戶探出身來揮手，簡直是慶祝的遊行。在香港，連政治示威都成爲節日，我非常非常感動。」

然而，接著發生了「六四」的慘劇。「香港人的夢想被殘酷地扼殺了，社會充滿了凶險的氣氛。香港人的心深深地受創傷。我原來喜歡香港人的樂觀和自信，但現在他們完全悲觀了。我愛上的香港，他在給我看他的弱點，這對我的打擊非常大。我還要不要留在香港？因爲我眞心愛過他，如果不能再愛他的話，不應該勉強留在他身邊。那個時候，我看到了他雖然覺得很痛苦，但卻爲復元而掙扎。現在還有人要求平反『六四』，對他們來說是多痛苦的事，要忘卻就容易得多了。我想：假如我現在離開香港，好像我當初只看上了他開朗的外表而已。當他努力恢復的時候，我還要陪著他。」

未央開始拍關於香港的紀錄片，成立了「大頭貓製作有限公司」（「大頭貓」是在電影《老貓》中的一群貓裡面未央最疼愛的一隻）。「『六四』後，香港的價值觀念一下子崩潰，社會上出現了很多問題。我不想做冷冷的觀察者，我要接受：這也是我所愛的香港在人生道路上要經過的一個階段，要不然，我不能繼續愛他。我決定，用我的雙手，把香港這一段經歷拍成紀錄片，哪怕是再悲慘的故事。這是我愛他的方式。

「『六四』傷心後，香港在長時間裡相當自暴自棄，大家一方面覺得自己變得很骯髒，另一方面卻瘋狂地、拚命地賺錢，說『這就是我們活的時代』。三級片流行，之後是人肉這個人肉那個，都不是偶然的。有一次我採訪了黑社會學生，小的才十一、二歲，但說要盡快『出位』、要盡快發財，多了錢，賣毒品也不在乎。這些孩子很有緊迫感，就像大人要盡快賺錢、要做老闆一樣。我跟那些學生交了朋友，沒有一個是眞正壞透的。十一、二歲，本來還需要家庭的保護，心裡難過時要向父母訴苦，可是，他們的父母沒有時間跟孩子在心靈上交流、沒有時間通過愛去教孩子分辨是非。為什麼那麼忙？因為九七快要來了，『現在』『馬上』要賺錢，顧不得用什麼手段，結果很多家庭不和。尤其是中下階層，他們看到機會抓不住，錯過了一次機會就痛苦得要命。『六四』令香港人淸楚地看到：除了賺錢以外，沒有別的事可做，而且時間很有限。」

未央每個月給日本朝日電視台拍一部關於香港的紀錄片，自己採訪，自己上鏡。「以前我曾想，如果有一天香港變了，我要走，再找另一個地方。現在我已經不考慮離開了，除非將來的特區政府要把我趕走。」

經過了「六四」的考驗，未央和香港的關係更加鞏固了，同時她也為香港的現狀和未來擔憂。

「我最怕的是香港變成只是要拉著中國大陸不停地往前走、往上走的引擎。有人用曼哈頓做比喩。假如是這樣，跟不上潮流的人就沒辦法在香港住了。最簡單的例子是房價，假如再上升，恐怕很多人以後只好搬到大陸去了。但是，別忘記，這些人本來是香港的主人翁。年輕的雅痞心裡看不起窮人和沒有教育的人。我認為不應該放棄社會的弱者，不僅出於人道主義，而且因為香港社會的生活感和親切感實際上是靠他們的。少了這些人，香港會變成無情的大都會，沒有生活，只有交易。其實，香港的可愛之處，或者說他和普通大都會的區別是：在大城市裡仍保留小地方或街坊的生活，所以香港人有平衡的小宇宙。在那些地方，表面上看來沒有經濟價值的老人，對治安起著很大的作用：他們看到陌生人會毫不猶豫地問：『你是誰？』

「我擔心，因爲我親眼看到過東京失去人情味，失去味道，成爲沒樂趣的大都會。現在不管是英國還是中國，好像只關心香港的經濟效果，好比要離婚的夫妻，在孩子面前不停地爭吵養育費是多大的負擔，根本不考慮對孩子心理上的影響。這樣一來，他會以爲自己只是別人的負擔！大家關心香港經濟上的繁榮，卻忽視精神上的繁榮。眞正的繁榮應該是保護目前在香港存在的生活空間和生活方式。」

來香港八年，未央也很淸楚地看到香港的缺點。「英國人的統治手法很高明，一直沒讓香港人學到一些非常重要的東西。前些時，我跟一個香港朋友談選舉，他說：『那是喜歡港英政府的人才去管的事，跟我無關。』我反駁說：『不對！你有沒有考慮過中國政府爲什麼反對香港直選？因爲選票意味著公民有權力，包括推翻政府的權力。所以英國人現在才敢實行直選嘛！你爲什麼不懂？』他沈默了一陣子，然後很小聲說：『因爲沒人敎給我這種事。』很長很長時間，香港人的現實是：除非發財做老闆，否則沒人願意聽他的意見。突然引進選舉，當然不可能一下子改變他們。香港是個高度發達的國際城市，然而，香港人得到完整知識的權利一直被剝奪，結果他們的腦海裡有一些空白的地方。可悲的是，特區政府好像也不準備改變這個情況。」

未央為香港抱不平，卻擔心說：「我把這種話太直接地說出來，也許會傷害香港人的心。我覺得我屬於香港，不是冷淡的旁觀者，所以爲他擔憂。我祖父教了我這個世界沒有絕對的東西，只有人才是最重要的，是不可侵犯的。我父親教了我任何生命都一樣寶貴。我的對象是一個城市，我認爲他的一切都是美的。在香港發生的任何事情，我都不想錯過，包括他的弱點和缺點。假如我愛上的是一個人，大概不會在香港這麼久，他走了我也可以走。但我當初遇上的卻是一個極有魅力的城市，我不能離開他。」

星星閃閃

「一個人在海外住，你覺得寂寞嗎？」閃閃問我。

「當然有時候很寂寞，但我基本上喜歡孤獨。」

「那麼你家人呢？你想不想他們？」

「想啊！但，怎麼說呢？我從小是家裡的『黑羊』嘛！」

「是這樣。你的性格大概跟我母親很像。」

於是，閃閃開始講他母親的故事。

「我媽媽是泰國華僑，中學時候被送到香港來念書，上的是培僑中學。畢業以前，早就決定要回大陸，爲祖國的建設而做出貢獻。那是一九五〇年代初，我媽媽跟幾個同學一起坐船從香港往天津，然後到首都去了。當時她一點都沒想到後來的二十五年見不到家人。」

在北京，她被分配到解放軍。不久朝鮮戰爭爆發了。

「我媽媽去朝鮮，我爸爸也參軍，他們是在朝鮮認識的。據說，懷我的時候，我媽媽還在朝鮮。」

原來是戰場上談戀愛。在我腦裡浮現一個鏡頭：兩個年輕士兵晚上偷偷出來談情說愛，在他們頭上，滿天的星星閃著閃著。所以給兒子取的名字就叫閃閃？

「好像不是，我問過他們我的名字是怎麼來的。他們說，當時蘇聯剛放了第一枚衛星。我出生的時候，他們要取一個跟天空有關的名字。」但我還是比較喜歡自己的猜想。

「原產國」朝鮮的閃閃在北京出生長大。文化大革命開始的那年，他才九歲。由於母親的海外背景，他們全家遭打倒，給送到寧夏回族自治區去了。

「當時不是說要跟蘇聯打仗的嗎？寧夏離外蒙邊境不遠，氣氛相當緊張。我們在學校念俄語，說是為了罵蘇聯兵。現在回想，覺得很可笑。當時卻挺認眞。」

跟他的同代人一樣，閃閃也有很多經歷。

「在農場、工廠、礦山，我都工作過，有半年時間在文工團裡唱京戲。後來大學的入學考試恢復了。我自信心很強，第一年報考了北大、清華、復旦，結果都失敗了。第二年就比較實際了，申請去西安學醫。我成了大學生了。」

一九七〇年代中，他母親來香港探親，家人都勸她不用回國內。當年的愛國華僑在香港的左派機構找到了差事，不久連丈夫都接出來了。

至於閃閃和妹妹，幾年後念完了書，才拿單程通行證出國。

「好不容易念完了大學，可是，一來到香港，我的文憑就變成廢紙了。還好，我在大學時候已經知道快要出國，所以下工夫學好英語，在香港轉工作也較爲方便。」

雖然不能行醫，但閃閃的專業知識對工作有利。不到幾年，他就跟幾個朋友一起開公司，算是當上了個老闆。

「沒想到，我在香港剛打好了基礎，這兒的朋友們就開始辦移民，他們勸我一起申請。當時加拿大正缺乏醫學、藥學方面的人才，所以我的分數很高，挺快拿到了移民紙。」

閃閃爲了工作，不停地跑太平洋兩岸。不久前，回去上海相親，娶了個大學研究生，並把她接到加拿大去了。

三十年前，在朝鮮戰場上談戀愛的一對情人，如今已退休，隨著兒子移民到多倫多。

「我媽媽說，她曾經有過理想，但爲了那個理想，卻浪費掉了幾十年的時光。她覺得沒有得到該有的回報。我辦移民，還是在六四以前，本來不是主動的。不過現在，我父母都很喜歡加拿大安靜的環境。據我太太的研究，加拿大比中國、香港都好。只是，不知怎地，我總是想著大陸。做生意賺了錢，還是要爲祖國貢獻。」說著說著，他的眼睛閃一閃。

閃閃的母親，從泰國到香港、到北京、到朝鮮、到寧夏，再到香港到多倫多，一輩子走了很長的一條路。當然，像她那樣的中國人爲數不少，他們的兒女也同樣在漫長的旅途上。若有機會見到閃閃的母親，我想問她：原來閃閃的是衛星，是戰場天空上的星星，還是紅旗上的五顆星？

青春日記 巻三

さくら

慢、快、慢、快

記得六年多以前，我剛剛從東京搬到多倫多時，對加拿大產生的第一個印象就是：好像加拿大人都是半退休似的。

雖然當時加拿大的經濟還相當活躍，多倫多的失業率在全北美洲最低（也比現在的香港高一倍），我幾乎沒看到一個忙人。在街上走路，我經常撞人，因爲我走得太快。忘了說一句Excuse me（對不起），就得挨罵，我只好學會走路走得慢一點。

「加拿大連大白天都有這麼多人閒著，晚上更是大家都閒著！」我感嘆地跟加拿大朋友說。

他們聽了就馬上糾正我：「這不叫作『閒著』，這叫作『放鬆』。你來了加拿大，要入鄉隨俗，首先要學會放鬆。」

對我來講，了解「放鬆」這個概念已經夠難，更何況身體力行。我不習慣閒著。

那個時候，我在新的環境裡，想盡快學好外語，想了解當地的社會、文化。白天我上英語班，晚上我讀夜校，回家後做功課，週末要看書。加拿大朋友們看到我這樣子，就覺得非常不可思議：「你爲什麼使自己那麼忙？晚上要休息！週末要休息！你應該放鬆一點！你不應該太用功！」

在「放鬆」這問題上，加拿大人是不能放鬆的。我不放鬆，周圍的人也不能放鬆，他們這樣說。於是，我沒有辦法，只好把課本放下，跟他們一起閒坐。爲了入鄉隨俗，爲了適應環境，要調整自己的生活習慣，這我可以理解。但是，加拿大人經常告訴我「Don,t work too hard」（不要太用功），我還是很長時間沒能明白。在我成長的地方，用功一定是好事情，「太用功」是不可能的，因爲越用功越好。我想都沒想到，換了地方，我太用功竟然得挨批評。

後來，我也慢慢加拿大化了。人確實是環境的產物，爲了適應環境，可以改變自己。就像在熱帶和寒帶，生長的植物和動物都不一樣，只有人在哪裡都能活下去。

我在加拿大，開始的時候覺得什麼都太慢。可是，速度是相對的，一旦我自己的速度慢下來，看周圍都不覺得慢了。我越來越認爲工作越少越好，休息的時間越多越好。當初，我一閒著就感到痛苦。可是習慣了以後，閒著卻不覺得閒著，反而感覺很放鬆，開始認爲人應該放鬆。

自己的變化是很難客觀地掌握的。我眞正體會自己的「加拿大化」，是上個星期搬到香港以後的事情。我原來以爲，在加拿大我的生活節奏慢，是環境使然，並不是自己眞的變了。

顯然，我這個想法不對。在香港，我最大的困難就是趕不上香港的節奏。

我說「趕不上」不是比喻，而是實際情況。過去幾天，我跟朋友們上街，有兩次差點給丟了，因爲我趕不上他們走路的速度。

香港人多，車多，事情多，就是時間少。香港朋友們走路總是有明確的目的地、明確的路途。也就是說，在香港的街上沒有人「閒走」。所以，在灣仔、銅鑼灣等熱鬧的地區，雖然很擁擠，卻有一種秩序和統一的節奏感。

我缺乏的就是這種「帶有目的意識來走路」的態度。我已經習慣了「閒走」，注意力分散，東看西看，經常和人碰撞。以前在加拿大，撞了人是因爲走得太快；如今在香港卻是因爲走得太慢、太沒有節奏。當然，香港人跟加拿大人很不一樣，等到我說「對唔住」的時候，被我撞的人已經走得遠遠的了。

我經常被朋友們丟了，也是因爲他們不能等我。他們根本想像不到會有人趕不上，所以永遠不回頭看，過了幾分鐘才突然間發現我不在身邊了。這對我來說是不可思議的事情：你帶一個人上街，幾分鐘都不注意他在不在身邊，這到底是怎麼回事？

其實道理很簡單，他們是邊走路邊在想別的事情的。你看，在香港的街上，就有那麼多人邊講電話邊走路。而且，他們走的不是多倫多那種空盪盪的大道，而是一平方米以內至少有六、七個人的銅鑼灣！香港人走路的技術，應該是全世界第一名的。

香港的節奏快，除了人們速度快以外，就是很多香港人同時進行好幾件事情。他們跟我吃午飯，同時是在等別人的電話，同時又在考慮晚上的計畫，同時還在擔心房價會升還是會跌。

老實說，我還不完全明白這怎麼可能。只是我知道，最新的電腦可以同時進行很多事情。香港人的腦袋大概也是那樣：這個window下面，還有那個window……

香港的生活節奏，我估計是全世界最快的了。跟香港比較，連紐約都不算什麼。至於歐洲大城市，如倫敦、巴黎，簡直就是影片中的慢動作。

在香港住的日本朋友告訴我：他們回東京很不習慣，主要是因爲東京人做事情太慢。「從香港回去看東京人，我覺得很可憐，他們是鄉下人。」一個在香港住了三年的日本攝影師這樣說。

一直在香港生活的人，大概感覺不到香港的節奏有多快。從別的國家來的人，好像也很快就適應了。六年前在加拿大，我要學會放鬆，把節奏慢下來，那是個漫長的過程。這回來到香港，我要提高速度，而且盡快提高。我沒有時間這樣閒談，應該趕快開始。

我的探戈夢

大約是一九九三年的夏天，我在加拿大《環球郵報》上，看到了一篇關於阿根廷的紀行，文中談到布宜諾斯艾利斯一家探戈舞廳的情景。在那裡，每晚午夜時分，就有好多男女來跳探戈。

舞廳的一邊坐著男人，另一邊則是一排的女人。在音樂和音樂之間，誰也不開口說話，卻用眼睛進行神祕的溝通。下一首的前奏一響起，沈默的男女站起來走到舞池上，和這次的舞伴組成一對又一對，隨著現場伴奏開始跳充滿激情但憂愁的探戈。跳舞的時候，兩人的上半身離得很遠，可是他們的四條腿不停地在交叉。就這樣，男男女女跳舞跳到快要天亮的時候。

看完了那篇文章以後，布宜諾斯艾利斯探戈舞廳的情景留在我腦海裡，沒有辦法驅逐出去。我在心裡想：世上竟有如此性感的場面！當時在多倫多我的生活很穩定，但毫無刺激，我想一定要去阿根廷跳探戈。

爲了實現這一目標，我採取的步伐很實際，至少我當時是那麼想的。在多倫多市教育署成年教育中心，我報了兩個班，一個是初級舞蹈班，另一個是西班牙語班。按照我的計畫，過了半年，我會說單獨旅遊所需要的西班牙語，而且已經懂得跳探戈。那個時候，我的生活會多麼地充滿刺激，簡直不敢想像。如果在布宜諾斯艾利斯舞廳跟沈默的男人掉進愛河，說不定我的後半輩子要在阿根廷過。人生就是這樣不可預知的。

然而，現實總是沒有幻想那麼容易。首先，雖然西班牙語的發音不難，語法卻複雜得要命，非得死背不可的事情特別多。但這是我還能接受的，真正的問題出現在舞蹈班。

我們在一所中學的體育館上課。一到那裡，我便發覺情況有所不對。跳交際舞當然要男的和女的，但我沒想到，來上課的很多是一對又一對的男女。而且他們一點都不懂布宜諾斯艾利斯舞廳般的沈默，到處黏黏糊糊地在講話，顯然是情侶大集合。

一開始上課，情況就更加不妙了。多數學生都有固定的舞伴，像我這樣自己來上課的只有幾個，再說這幾個裡面女的又比男的多。因此，我能開始學跳舞的ＡＢＣ以前，先要搶到稀而貴的男同學才行。我這半輩子很少遇到過如此尷尬的場面。在這種情況下，西方女孩當然比我們東方女人積極而且有辦法得多，她們一下子霸占了少有的男同學。剩下來的單獨女人有三個，我是其中之一。

「一、二、三、四、一、二、三、四」，老師教了最基本的舞步後，馬上放音樂。同學們笨笨拙拙地慢慢跳舞。而我呢？抱著無形的舞伴，想當場死掉。第一首結束的時候，我還暗自期待著本來單獨來上課的女同學之一會把舞伴讓給我。不過，現實越走越冷酷。在弱肉強食的世界裡，人們就是不肯放棄既得利益。更讓我覺得受不了的是，那些單獨男人個個都很難看。在日常生活中，我絕對不會去搶他們。

我眞沒想到往阿根廷之路這麼遠。然而，無論如何，我是要去布宜諾斯艾利斯舞廳的，一定要通宵跳探戈的，沒時間理會不解風情的加拿大人。

那天晚上回家以後，我給好幾個哥兒們打電話，問他們能不能陪我上舞蹈班。

「幫一下好朋友吧！反正學費是我付的。當它是慈善活動，行不行？每星期兩個鐘頭算什麼？我知道你在閒著。救我一次吧！我眞的想學跳舞呢。求求你。」

可是，平時對我很好的朋友們，這次就是不肯幫我的忙。我實在不懂，他們爲什麼那麼堅決地抗拒交際舞。一個星期後，我考慮要不要再單獨去上課受辱。雖然布宜諾斯艾利斯探戈舞廳的激情鏡頭仍在我腦海裡，中學體育館的掃興鏡頭最後壓倒了它。

就這樣，我的探戈夢半途而廢了。冷靜地想，即使上了幾個月的交際舞初級班，恐怕不能夠跟阿根廷人跳探戈到天亮。儘管如此，至今每次聽到探戈音樂，我的心還是有點酸酸的。上半身離得很遠，四條腿卻不停地交叉的情景，是在我腦海裡的靜止畫面。

人不能一直沒有工作

「你忙不忙？」一個朋友打電話來問我。「忙得要命！」我漠不關心地回答，沒想到他的反應。

「忙就好了！我可閒得要死。」他的聲音很疲倦。

聽完了他的故事，我明白他確實有足夠的理由覺得疲倦。我上次見到他是在前幾個月，這位ＭＢＡ（企管碩士）還在某大銀行當顧問，穿著高級義大利西裝。他氣派很大，工資很高，生活相當有色彩，也相當忙。可是現在，他沒有工作了。

「我退休了。」他像開玩笑地說。當然不會是真的，他才三十歲。「根本沒事幹嘛！每天睡到中午，整天躲在家裡，實在非常悶。」失業（雖然他迴避用這個詞）好像完全改變了他的生活面貌。我不知道應該怎樣安慰他。苦學拿到了ＭＢＡ，誰想到會找不到工作？可是，真正糟糕的是，失業的朋友不止他一個。

加拿大的失業率連續幾個月超過百分之十。這次不景氣是一九九〇年開始的，首先失去工作的是建築工人，然後是在工廠裡打體力工的工人。不過，隨著經濟情況的日趨惡化，最近有不少白領階級也丟了工作。幹了幾年活，做了經理，有一天上班發現自己的桌子已經不存在了。這並不是少見的情況。

例如，在我住的地方，打掃走廊、垃圾場的是一位有碩士學位的工程師。「我有小孩，還要付買房子的分期付款，需要錢，不能不工作。反正現在有了這麼一份工，該謝天謝地了。」他說得很淡然。誰也說不定哪一天他可以再從事原來的職業。本來是可以設計建築高層大樓的人，現在要去清潔破爛的公寓，莫非是噩夢般的黑色幽默。

再例如，我的一位廣告攝影家朋友已經好幾個月連一份差事都找不到了，因爲很多公司生意不好，根本沒錢登廣告。這樣子，好幾十個靠廣告生存的雜誌停刊了。「一九八〇年代中期經濟情況好的時候，我的收入曾到過六位數字。今年，我卻不知道能不能付得起攝影室的租金。」上個月他讓最後一個助手走了。「我有時默默地坐在響都不響一聲的電話機旁，深深覺得自己是個大廢物。」他不是剛剛開始拍照片的年輕人，國立博物館收藏他的作品。顯然，失業的人丟的不僅是工作，連自尊心也大受打擊。

這些人失業，跟他們的能力或努力沒有多大關係。一個國家經濟衰退時，失業不是個人的錯誤，而是整個社會的疾病。有人說北美的製造業已經過了頂峰期，今後只會慢慢失去生命力。問題是製造業是國家經濟的支柱，它的衰落影響很多其他產業，如金融、房產、廣告等。天天在報紙上看到工廠裁員、公司倒閉的消息，似乎證明了這一點。所以經濟學家說，到了二十一世紀，越來越多的人在服務性行業工作，其中不少是臨時工。大家都知道，服務行業的工資比別的行業低，更何況是臨時工。

雖然不景氣的影響不分男女，但由於女性仍然是較爲廉宜的勞動力（在加拿大女性的平均收入爲男性的百分之六十），因此對雇主來說女性比男性更有吸引力。雇用不起碩士的公司去雇用學士，雇用不起男性的企業雇用女性的情形確實存在。結果，失業的女性找工作看起來比男性容易些。再說，假如大學畢業的女孩子去當祕書、售貨員，人家也不大會覺得奇怪。可是，同樣資格的男性去麥當勞賣漢堡包，恐怕自尊心會使他接受不了。

所以，在我的朋友當中，失業而在家裡悶悶不樂的很多都是男性。在這種情形下，他們的心情固然好不到哪裡去，對他們的家屬也沒有好影響。

「我知道沒有工作不是他的責任，但是，每天早晨我上班時他在家裡，每天晚上我下班時他還在家裡，有時還穿著睡衣。他的失業保險金早就沒有了，全家生活全靠我的薪水。雖然我非常了解他心情苦悶，可是跟你老實講吧！我越來越覺得他討厭。」我的一個朋友說。

她丈夫並不懶惰，他天天看報紙的招募廣告。過去八個月他寄出去的履歷表已經超過兩百份，但約他見面的只有兩個，其中一個是在離多倫多二百公里的小城市。假如他做這份工，要嘛妻子要辭職，要嘛兩人要分居，這麼一來代價會很大。他倆考慮了很長時間，最後他沒有做這份工，「我們回到出發點了。」

在北美大城市，雙職工是普通的現象，這既是女性解放的結果，又是經濟上的需要。過去，整個家庭靠男人收入生活時，一旦他失去工作，大家都是受害者，一齊吃苦，互相安慰。然而，在如今的雙職工家庭，一個人失業有時會被視為是個人的失敗，結果會引起與過去不同的磨擦。

最近有些報導說，自從經濟情況開始惡化以後，家庭裡夫妻之間的暴力或對孩子的暴力案件有增加的趨勢。可見失業不僅是經濟、財政問題（救濟金對各級政府的負擔越來越重），也是心理、社會問題。家庭裡產生矛盾，使社會產生不穩定的因素。

人不能一直沒有工作。我一位日本女朋友決定要回國了，原因不是她的工作，而是她的加拿大丈夫在自己的國家找不到工作。「他說要去日本教英語賺錢。他好長時間沒有賺一分錢，他以為在日本馬路是用黃金鋪的。」

她說，回日本以後自己不再出去工作，準備待在家裡照顧小孩。「不是我不想工作，但通過這次我丈夫失業的經驗，我深深體會到了，男人的自尊靠工作。沒工作的男人不會有自信，更不會有吸引力。假如我沒有收入的話，他只好努力去工作、賺錢，是不是？這樣對大家都好。」

「假如要一個人在家裡閒著，那最好是女人。」她說。聽著，我不知道是同意好，還是不同意好。

除了「甜蜜」、「親愛」還會說什麼？

「加拿大人不會說英語。」這是我一位英國作家朋友的結論。這位作家指的並不是加拿大的義大利移民或者一步不走出唐人街的華人老太太，而是土生土長、黃頭髮藍眼睛的英裔加拿大人。對這些人來說，英語是母語，大概也很少學過外語，但怎麼可能不會講英語呢？

且讓我先談我自己的經驗。

去年夏天我交了一個加拿大男朋友。這位三十多歲的政治學研究生讀過的書很多，知識範圍很廣，是十足的加拿大知識分子。當然，掌握的辭彙相當可觀。

他一認識我，對我的印象就非常好，每次開口，不是「甜蜜」（sweet）就是「親愛的」（dear）。我在武士道精神還未消失的日本長大，很少聽過男人這麼公開地對女孩子說恭維話，一時幸福得連是夢境還是現實都分不清了。

一個月過去了，兩個月過去了，三個月過去，他一點都沒變。每週末見到我一定要說上百次的「甜蜜」、「親愛」，跟好萊塢的戀愛片沒有兩樣。

可惜的是，我的陶醉感沒能維持很久，反而慢慢開始不耐煩了。他說「甜蜜」到底是什麼意思？他爲什麼像壞了的唱機似地總是重複同一個辭彙？除了這老一套外，想不出說別的了嗎？

當我終於提出這些問題時，他卻顯得非常吃驚，只說了一句：「說『甜蜜』不是『甜蜜』的意思嗎？」

使我想不通的是，你問這研究生，「存在主義是什麼？」「後現代是怎麼回事？」他肯定可以回答得一清二楚，但是，一到談情的時候，辭彙量和表現能力立即下降到一歲半小朋友的水平。

你可能認爲我太貪心、殘酷。好吧！我承認我太貪心。不過，我之所以對「失語症朋友」有意見，是因爲有深一層的理由。

「甜蜜」、「親愛」等詞，跟誰說都可以，完全是大量生產、大量消費的現成產品。好比在超級市場兩盒賣一塊九毛九的廉價餅乾一樣，好吃是好吃，但吃起來一點個性都嘗不到。戀愛本來是最個人的事情，再加上大家都是讀過書的人，談愛也總得要點創造性，要發揮點個性吧！在富有想像力的情人眼睛裡，可以想出來的不應限於西施、克里奧柏迪拉吧！

但是，大部分加拿大朋友說，我的這種要求簡直莫名其妙，提供現成恭維話畢竟比沒有恭維話的眞正失語症男人強得多。

在全世界資本主義最發達的北美洲，大量生產引起的生活一律化已經司空見慣了。到任何一個城市都可以找到同一家超級市場賣同一牌子的商品，在同樣的麥當勞裡有穿著同樣制服的工作人員帶著同樣的笑容賣同一味道的漢堡包。從太平洋到大西洋，每個家庭都有同樣的電視機，大家都看同一個連續劇。這樣一來，可以發揮個性的地方只在選擇「可口可樂」與「百事可樂」之間。

人們的生活方式包括吃的、穿的、玩的都變成了一種式樣時，言語生活的一律化，只能說是自然的趨勢。跟任何大量生產、大量消費的商品一樣，這種語言絕不會太高級；因爲要符合大衆的口味，才具有大衆化的條件。

然而，語言是人類文明的基本因素，它跟思想、文化的關係太密切了。因爲語言所包含的創造性是人和動物的重要區別，個性的衰落所引起的語言創造性衰落，會導致人類文明的衰亡。

其實，加拿大人自己也經常指出語言能力的低下。掃盲、要提高大學生英語水平等問題，在社會上大有人談論。

反映整個國家文化水平的報紙，表現得也似乎不大光榮。有位旅英加拿大作家在多倫多《環球郵報》上發表文章，文中比較了加、英兩國的報刊。他寫道：「英國嚴肅報紙的水平確實很高。比較起來，加拿大的報紙好比是七歲的小孩給低能同學辦的。」

語言跟文化切割不開，而文化的發展只能在歷史傳統的基礎上。扼殺了傳統，語言沒法健康生存，共產黨的中國語言很淸楚地證明這道理。有人叫它爲「黨八股」，但這種新八股的病毒比傳統的八股更有害，因爲它沒有扎根在文化的肥沃土壤裡。北美洲是沒有悠久歷史的新大陸，整個文明靠的是「否定歐洲封建遺產，開拓西部荒野建設新社會」的精神。北美洲語言文化的蓬勃發展，恐怕是不可能的奢求。

英國的英語跟北美洲英語的不同，遠遠不限於發音和部分辭彙。跟英國的英語比較，北美的英語是「簡化」的英語，語法規定放鬆得多（使縝密的思考困難），需要牢固文化背景的隱喩也幾乎不存在（使生活沒色彩、沒味道）。換句話說，兩者的區別有如巴黎咖啡廳的馥郁咖啡和麥當勞賣的咖啡的區別那麼大。

前述的英國朋友指的就是這一點。在移民國家加拿大，官方語言英語是多種民族之間交易時所用的符號。假如使用語言的目的是交易的話，最好不要太複雜，以避免不必要的誤解。所以，北美英語作爲世界商業共通語是有其道理的。一個語言越簡化，越帶有普及的條件。而語言的簡化就是文化的膚淺化。跟麥當勞、米奇老鼠一道，北美英語邁進全世界。

第一次聽英國人說他們跟加拿大人有溝通問題時，我覺得奇怪。但後來慢慢明白了，爲什麼加拿大人認爲英國人總是講「謎語」，爲什麼英國人認爲加拿大人「沒修養，沒意思」。

我畢竟是外國人，學英語學到純正英國人的水平恐怕不可能。但是作爲來自東方老國的移民，我吃漢堡包吃幾個也吃不飽。同樣，「甜蜜」、「親愛」的洪水也不能使我長期陶醉。只好在家裡煮日本飯，吃飽了以後到電影院看眞正浪漫的法國片。

同性戀父母親

我不反對同性戀，我支持個人自由。很自然地，我也支持同性戀的個人自由。其實在北美洲，同性戀已經太平凡，連保守城市多倫多也已經開始正式慶祝「同性戀節」了。所以，反對同性戀是沒有用的（這不是說對同性戀的歧視已經不存在了。在小城市、農村，不少同性戀者還在過著地下生活）。

然而，讀完了《多倫多星報》一篇有關「同性戀父母親」的文章之後，我的心情很複雜。

「同性戀父母親」指的不是有同性戀孩子的父母親，而是生育孩子的同性戀者。你可能會問：「同性戀怎麼可以生小孩？」可以的，請先聽聽瑪麗亞和朱莉的故事。

她們倆九年前結成了同性「婦婦」（沒有「夫」），兩年後朱莉決定生孩子。但作爲同性戀者，她不能跟男的性交懷孕。而不管科學多麼發達，目前還是有了精子才可以懷孕的。她倆幸好找到了一個男性朋友願意提供精液，然後到街上的藥房去買好了一些注射器。每逢朱莉的排卵期，瑪麗亞就用注射器把精子射在她愛人的陰道內。一年以後，朱莉終於懷孕了。過了三年，這次瑪麗亞想生孩子了。朱莉通過同樣方式射精在瑪麗亞的身體裡。她也懷孕，生了小孩子。現在，她倆和五歲的兒子、一歲半的女兒幸福地生活在一起，成了個「家庭」了。

她們認爲自己的生活方式並不很特別，因爲「我們的朋友大部分都是女同性戀者，而不少人都有小孩或正在懷孕」。據了解，女同性戀圈子正存在著第一次baby boom（嬰兒激增）。

在加拿大，不能自然懷孕的夫妻到醫院接受人工授精已經相當普遍，哪怕男的沒有性能力，「精子銀行」可以幫忙。這樣一來，原先「生殖自然神聖」的概念已經逐漸開始消滅。如果異性戀者的人工授精沒有問題的話，那麼同性戀者做同一事情當然不會成問題。在提倡個人選擇自由的社會裡，任何擴大個人選擇的事情都是正面的。反過來說，假如女同性戀者用注射器懷孕是不正當的話，產科醫生做的人工授精應該也是不正當的。但是在北美洲不孕症相當多，一些統計說總人口的百分之十五有生殖困難，人工授精已經被看作是必要的了。

今年四月中旬，在多倫多新被提名爲警察服務委員的一位女士主動地告知傳媒說：「我是同性戀者，兩個孩子是通過體外授精出生的試管娃娃。」這件事成了頭條新聞後，當天就有好幾個同性戀團體發表支持她的聲明，之後報紙上也幾乎沒看到議論同性戀者擔任高級政府職位的文章。警察始終以保守聞名，這次很安靜的反應，表示同性戀已經成爲不能公開批評的對象了。

生育孩子的不僅限於女同性戀者，男同性戀者也已經開始當爸爸了。問題是他們不能自己懷孕，只好請「代理母親」生產人工授精懷孕的孩子。女同性戀者可以用第三者的精子，男的也沒有理由不能使用第三者的卵子和肚子。可見「母性神聖」的信仰好像也要過去了。但是，別忘記「代理母親」也是首先爲了服務異性戀夫妻開始的。不過，男同性戀者做父親的手續更複雜而花費也很多。

多倫多市中心區有一家書店叫Glad Day，專門賣關於同性戀的書籍。一到裡面，除了醫學、心理學、文學等的書以外，還可以看到一個角落擺著有關生育問題的材料。《爸爸的同房》、《阿沙的兩個媽媽》、《同性戀父親》、《怎樣告訴孩子你是同性戀》等等各式各樣的書，表示生育孩子在同性戀圈子裡已經成爲熱門的話題。值得注意的是，跟主流社會一樣，好像他們也是從過去的「自由戀愛」開始轉向到「一婦一婦（或一夫一夫）制」，對「成家」感興趣。這可以說是同性戀回歸傳統生活、保守化的潮流。

雖然沒有正式統計，有些專家估計在北美洲總共有一百萬同性戀父親，光是「多倫多同性戀父親會」的成員已多達一百二十人。不過，前述「一百萬」的數字恐怕包括很多先跟女性結婚生孩子，後來才決定過同性戀生活的人士。

同性戀這一現象在世界各國的歷史上已經存在了很久，而不同的社會，不同的時代，對同性戀接受的程度有相當大的差異。不過，像現在這樣，大批同性戀互相「結婚」、「成家」，應該是空前的。

同性戀發生的背景很複雜，我們可以找到生物學、心理學、社會學等各方面的解釋。有趣的是，一九七〇年代以後開始出現了一些以政治爲理由的同性戀。激進的女性主義者對男性中心的社會討厭已極，甚至連跟個別男人發生戀愛關係都不再願意，反而在女同志之間會感到放鬆、舒服、幸福。這些由理性選擇同性戀生活的女士們稱自己爲「政治女同性戀」（Political Lesbian）。也就是說，跟同性做愛對她們來講並非是「自然的」事情，而是「理性選擇」的結果。從「選擇做同性戀者」到「選擇做同性戀父母親」是邏輯上進一步的發展而已。

而使我想不開的就是這個「個人選擇」思想的無限發展。在二十世紀的西方社會，過去的天主教、基督教倫理觀念早已失去基礎，而新的倫理觀念還沒有建立。在沒有「禁忌」的社會裡，沒有不可以做的事情。而在「只要不影響我的生活，你做什麼我都不管」的個人主義思想指導之下，社會好像失去了判斷是非的能力。

假如女同性戀者可以用注射器懷孕生小孩「成家」的話，那麼傳統的男女結婚性交生育的「家庭」還有什麼意義？再說「家庭」到底是什麼？生命到底還是不是神祕？果然，同性戀父母親問題牽涉到整個人類的倫理問題。

不過，更具體而緊急的問題，恐怕是有同性戀父母親的孩子將來會不會發生心理問題。很小的孩子不會問自己的環境到底正常不正常，但是一旦開始接觸廣大社會，他們的價值觀念必定受很大的衝擊，誰也不敢說這些孩子未來的性慾、性觀念不會成問題。

瑪麗亞回答記者的問題說：「我的小孩可能以後會生我的氣，但是，所有的孩子都會對父母有意見的，只是每個家庭的問題不同而已。」

我不反對同性戀，我支持個人自由。但可以選擇的話，我自己不想做通過注射器授精出生的孩子。這樣一來，我不僅沒有父親，連生命尊嚴都沒有。人生本來已夠複雜了，誰還願意承受這麼大的負擔？

還是你說，我的思想要更「現代化」嗎？

被違背的信任

在多倫多一所學校的教室裡，從二十來歲到五十多歲的十六個女性在邊說話邊流淚。她們住的地方、工作、文化水平、生活背景都不一樣，但是大家都帶著共同的問題。爲了討論這個問題，有人開五、六個小時的車趕來參加今天的集會。每個人的聲音都很小，但別人一直很熱心地聽著。組織人事前預想到有人會哭起來，準備好六盒衛生紙，果然一張又一張地吸取她們的眼淚。

大家說的是被精神科醫生（或心理學家）性虐待的經歷。

一位四十歲的女士表白十五年前發生的事。當時她經常沈悶，後來決定去找精神科醫生（這在北美大城市是極普通的情況，因生活、工作、婚姻等原因心情不快活的人，不是去父母、親友的家，而是去心理專家的診所）。該醫生馬上對她的情況表示理解和同情。她不久開始全盤地信賴他，把所有藏在心裡的祕密向他告白。在男女之間，信賴、同情跟愛情的區別不總是很淸楚，何況對方是有社會地位而理解自己苦處的醫生時，女患者是很容易被操縱的。當他最後伸手摸她身體時，她只能接受自己所尊敬、信賴的男人。

可是，這不是一般的愛情故事。他倆只在鎖好了門的診室裡見面，醫生利用工作時間跟患者發生性行爲。一年半過去了，有一天她發現自己懷孕，深愛醫生的她雖然很想生小孩，但因爲對方是有婦之夫，只好打胎。之後，她慢慢開始明白跟他親密的女患者並非她一個人。

她的「治療」終於結束，兩個人的關係也終結了。但是，過去十多年，她一直沒能愛上別人，如今還在等著有一天醫生會打來電話。原來的心理問題不僅沒有解決，反而惡化。有幾次她自殺未遂，住進精神科醫院。

其他人的情形也大同小異。

在北美，「性虐待」（sexual abuse）指的是「強制對方不願意的性行爲」。強姦當然是最典型的例子，但現在最引人注目的是醫生、律師、教授等有社會地位的男人跟患者、顧客、學生發生的性關係。「實力不平衡」存在時，男方不需要用暴力、威脅等手段，只要成功地造成女方心理的極度依賴感（這大概是工作的一部分），很容易發展到性行爲。

安大略省醫生協會特別組織調查組，進行了醫生性虐待的公聽會。事後發表的報告使人吃驚：自己承認跟患者發生過性關係的醫生（包括各科）多達百分之十。調查組警告說，這種行爲違背職業道德。美國奧勒岡律師協會也已經正式決定，不允許律師跟顧客發生性關係。

在北美各地方，因爲性虐待而被判的醫生也不少。因爲定罪一般需要物證或複數證人，因此極惡劣的犯人才去坐牢。譬如，溫哥華一名精神科醫師曾用鞭子打、鍊條綁患者而強迫性行爲，結果判處徒刑四年。像前述例子般只有感情證據的，有時連檢察官起訴都面對困難。

看到受害者痛苦的程度，實力不平衡下的性關係會造成的災難很明顯。專家說性虐待的眞正罪過不是性行爲本身，而是信賴關係的背叛、破壞。被醫生引誘的女患者一般不明白被利用，有時甚至認爲自己願意，到關係破滅而眞相開始顯現時責備自己，過了很長時間才想通整個情況爲何發生。難怪有人指出，這類情況似幼兒期亂倫的受害者。這種軟性的性暴力跟強姦表面上雖然不同，但兩者的本質都是用「實力」來支配別人，凌辱人的尊嚴。

儘管同樣的情況在世界各地長期存在，在北美形成社會問題則有其文化因素。首先，在北美，精神醫生、律師等在私生活的領域裡「幫助」別人的行業特別發達。在公司工作，表面上的社交來往是有的，但是一個人眞正面對人生難題時卻找不到一個親友傾心支持，連父母兄弟都拿著個人主義的教條有禮貌地婉拒干涉私生活。心情不好的時候，只得去找心理專家；連辦很簡單的法律事務都不能相信他人，只好靠律師職業性的支持。

換句話說，本來應該以平時的來往爲基礎的信賴關係，也只能花錢買；而大家都知道，眞正的同情心是沒辦法用錢買到的。假如是朋友之間，看到對方心理軟弱就會保護。但是，爲了賺錢而賣信賴感的專業人士有時不能抗拒利用別人災難的殘酷誘惑。

其次，在表面上很開放的北美社會裡，對性的壓抑其實相當厲害。沒錯，男女關係比很多東方國家自由得多。問題是，開放的只有肉體的接觸，關於性的想像力沒得到同樣的解放。不少外國人發現北美的女人不像女性，北美的男人也不像男性，兩者都似乎丟掉自然的性感，變成了中性似的。這樣一來，兩性間的來往變得簡單，因爲男女之間本來應該存在的差別、障礙都已消失。但是，人只能要麼做男人，要麼做女人，而性感是人性的重要部分，被壓抑的性感尋找表現機會時，容易採取變態、暴力的方式。

如今在北美的大學校園，「約會強姦」是個很熱門的話題。男女學生約會出去，看電影、吃飯、喝啤酒後，男方不等女方的同意，突然暴戾地發洩性衝動。在法律上，有責任的當然是用暴力侵犯對方人權的小夥子。但往深一層想，恐怕兩者都是性壓抑社會的受害者。小夥子只知道假裝中性把女孩當作自己的同類，恐怕意識不到被壓抑的性感隨時會爆發，即使意識到也不明白怎樣溝通。小姑娘相信「自由平等社會」的幻想，以爲男女的心理、生理無差別，根本不了解也不願意謹愼地觀察雙方要求的分歧，便輕心地挑逗男孩。

這是一九九○年代北美的情況。但隨著現代化的進行，各國的文化特色漸漸消滅，恐怕大家遲早都要變成北美人。

就是沒有愛

南希今年八歲，她沒有家，雖然她有兩個回家的地方。南希的父母是中產階級的白種加拿大人，兩年前分居，目前正在法院鬧離婚。

每星期一、二，南希放學以後，到媽媽家去。每星期三、四，她到爸爸家去。週末，南希輪流在媽媽的家和爸爸的家過。節日，她輪流跟媽媽的親戚、爸爸的親戚慶祝。

南希的很多好玩具在媽媽家；她的寵物——一條名叫維多利亞的白兔——卻在爸爸家。她同時看兩本書，一本在媽媽家，另一本在爸爸家。她在一個家的時候，不能去另一個家。雖然有兩個家，卻只有一個南希。

去年的聖誕節，她跟爸爸一起去爺爺和奶奶的家。爸爸告訴她：「我們多留一天吧！你的表姊、表弟明天要來。」當時南希很高興。可是，媽媽卻很不高興，差點兒沒有報警，說爸爸拐走了南希。爸爸通電話對媽媽說：「你敢來把她帶走的話，我馬上報警，你是侵入私人地方。」

最近，媽媽眞的報警了。父母在南希面前吵起大架來，最後爸爸把媽媽推倒了。南希一直喊著：「No!No!No!」警察來了，但沒有起訴爸爸；媽媽並沒有受傷。警察叔叔走了以後，爸爸跟南希講：「媽媽是個壞人，要把爸爸放在監獄裡。」後來，媽媽又跟她講：「爸爸才是個壞人，他那麼暴戾。」南希喜歡爸爸，她也喜歡媽媽。但是，爸爸恨媽媽，媽媽也恨爸爸。

父母親都說愛她，要盡量跟她在一起，好像誰也不記得聖經裡所羅門王的故事。當兩個女人搶一個孩子的時候，所羅門王提議說：「把孩子砍成兩半，每個人可以拿一半。」第一個女人馬上說：「我不要孩子了，請別把孩子殺死。」第二個女人說：「我寧願要一半。」所羅門王決定第一個女人是眞媽媽，孩子應該屬於她。南希的父母都愛她，但都寧願要她一半。

所以，南希沒有家，雖然她有媽媽的家和爸爸的家。「家」本來是隨時可以回去的地方，但南希天天要記住放學以後到哪兒去。

在班裡，跟南希情況相似的孩子不少。加拿大的離婚率接近百分之五十。越來越多人，包括同性戀者和單身人士，不結婚養孩子。在南希的同學當中，跟親生父母一起生活的不到一半。他們今年才八歲。

南希最要好的朋友叫喬治，是個一生下來就沒有父親的男孩。喬治的媽媽是有錢的精神科醫生，養孩子不用靠男人。傳說她通過人工受精有了喬治。他上幼兒園的時候，媽媽的一個男朋友搬進來開始跟他們一起住。當時喬治剛剛懂事，還很小很天眞，相信了他就是「爸爸」。有一天，這個人搬走了，並沒有跟喬治打招呼。喬治如今還想念「爸爸」，卻不知道這個「爸爸」不是他爸爸。

南希的父母雖然沒有跟別人同居，倒沒有放棄「個人生活」。媽媽搬走了以後三個月，爸爸便給南希介紹他的「女朋友」，是個離過婚、有三個孩子的中年女性。有幾個星期，兩個「家庭」常常在一起，南希跟她的孩子們做了朋友。然後，突然間他們都不見了。南希問爸爸爲什麼，他只說：「我們分手了。」之後，南希見過爸爸的三個女朋友，一個接一個地來，一個接一個地走。雖然她們全都跟南希說過：「我愛你的爸爸。」

媽媽曾經跟南希說：「我絕不會找男朋友，我不會再結婚。只要有你，別的我什麼也不要。」不久以前，媽媽交上了個男朋友，是離過婚、有個跟南希同樣歲數的兒子的男人。這個人和兒子經常來媽媽的家，有時候晚上住在那兒。

有一次，南希哭著跟爸爸說過：「我不要你有女朋友。」爸爸回答道：「但，你應該理解，我也要自己的生活。」當她繼續哭之際，爸爸問了她：「你不想要個弟弟、妹妹嗎？」南希想要。她爸爸今年四十九歲，是第二次離婚。他的離婚率是百分之二百。

雖然南希才八歲，關於大人的生活，她知道得已經不少。除了家庭環境，還有社會環境。

她住在多倫多的中心區。到了傍晚，能看到化了濃妝，穿著迷你裙、高跟鞋的年輕女郎，一群又一群地在街頭拉生意。南希已經知道她們從事的那種行業，「Hookers（野雞），爲了錢做sex。」她說。在這個地區，家長不讓小孩赤腳在外面跑，怕的是愛滋病，怕的是注射針、安全套。

在學校裡，南希上「性教育」、「愛滋病教育」、「毒品教育」、「同性戀教育」、「種族教育」等等的課，都是爲了「保護兒童」。

家裡和學校使南希學到不少東西，只是她到現在還弄不清楚三乘四等於多少。

南希住的是世界上最發達、最富裕的國家之一。她父母都是讀過大學的專業人士，他們給她買鋼琴、自行車、電腦遊戲，帶她去看戲、聽音樂會，在兩個家都有南希的房間。她住的是自由、開放的社會，重視法制，保護人權。她上的學校設備很先進，盡量使小孩了解現代社會的各種問題。

應有盡有？恐怕不見得。很多東西南希沒有，那是錢買不到的。譬如說，隨時都可以回去的家，孩提的天眞無邪。還有，也許是人生最重要、最可貴的東西——愛。

一個華人小夥子

「作爲來自東方的新移民，你所面對的最大困難是什麼？」上星期五下午，在多倫多學院街的一間咖啡廳，有位大學生拿著圓珠筆向我提這問題。他的專業是企業管理學，在今天的企業管理中，理解外國文化是個很關鍵的項目。

「語言是個最大的問題。另外，當然也有風俗習慣的不同。」我回答著，心裡就覺得有點不舒服。

前幾天，他通過朋友的介紹給我打來電話的時候，我只問了他的名字，他也沒告訴我他姓什麼，這在加拿大的年輕人之間很平常。「我要了解東方文化和東方移民的經驗。」他對我說。所以，我很自然地估計，這位名叫愛德華的青年是個白種加拿大人。

然而，現在坐在我面前喝咖啡的卻是個華人小夥子。

「你講英語講得相當好嘛！」他帶幾分感嘆地說，眼睛轉往玻璃窗外，好像心裡在想些什麼似的。過了半分鐘，愛德華再盯著我說：「你知不知道？我父母從中國來加拿大已經有二十多年了，可是還不會說像樣的英語。而我呢？土生土長的加拿大人，只會說英語。我根本沒辦法跟父母溝通。」

然後，我們的話題從我的經驗轉到他的經驗去了。

愛德華的父母是從廣東省一個小村子經過香港來北美的移民，兩個人都在工廠裡打體力工，工作上需要的英語又簡單又少。下班以後從來不跟洋人打交道，去買菜是在唐人街，聊天、打麻將都在一小圈同鄉朋友之間。就這樣子已經過了二十年，生活上也沒有太多問題，反正年紀也不小了，不想再去學英語。

父母之間談話用的是家鄉話。小時候愛德華學的第一個語言就是這廣東方言。不過，他開始上幼兒園以後馬上改說英語。除了在家裡以外，都講英語。

「小時候我也上過幾年星期六中文學校，但是學校裡的語言跟我父母又不一樣，把我的腦袋弄得完全糊塗了。現在，我不會寫也不會看中文。雖然在家裡還跟媽媽講中國話，因爲我的水平停留在六歲的地步，說簡單的還好，要眞正談問題絕對不可能。跟爸爸是講英語的，他會一點；但我說得複雜一些他就不明白，還是沒辦法溝通。」

愛德華說英語根本沒有口音，純粹的加拿大英語。可是，他的姿態、動作仍然像個中國人。他說：「我跟加拿大朋友平時相處得很好，我畢竟是個加拿大人吧！但是，他們總是下意識地把我當作華人，期待我對中國文化有所理解。我並不是對中國文化沒興趣，只是不知道，想跟父母學也沒有共同語言。」前幾年，他跟父母一起到過香港、中國探親，「那邊的親戚好像看不起我，因爲我不會講他們的語言。說我是個香蕉，只有外面黃，裡面卻白透了。有時候，我眞不知道自己是個什麼人。」

在北美的移民社會裡，跟父母沒有共同語言的遠遠不限於華人。多倫多人約有一半是外國出生的，不少人的母語也不是英語，他們的家庭跟愛德華的家庭情況大概差得不太遠。我每次到一個日裔加拿大朋友家，就在她和父母之間當翻譯。平時父母用日語（或者簡單的英語），孩子用英語（或者簡單的日語），生活上的基本問題可以解決。不過，一旦講得複雜一點，溝通馬上崩潰。

有人說，搬到新的國家後乾脆忘記自己的根，變成當地人好了，反正在外國保留傳統文化不可能。這種想法也許有道理，問題是人總是需要文化，而文化指的不僅僅是文學、美術、音樂、電影等在社會上可以接觸的東西，在家裡吃的、喝的、玩的、談的，都構成文化。所以，移民的孩子失去父母的語言時（這是極自然的現象），他們跟傳統文化之間的密切關係也在消失，因爲傳授文化靠的是語言。同時，讓當地文化變成自己的血肉起碼需要一、兩代那麼長的時間（我在中國過了三個春節，在加拿大過了四個聖誕節，這些節日仍然不能刺激我的情緒。作爲日本人，我在感情上是非過元旦不可）。一般來講，到了第三代，移民才會變成當地人。

不管怎樣，第一代移民完全變成當地人絕不可能。能不能學好英語，其實不是大問題，重要的是，幾十年種下的文化根沒法拔出來。換句話說，文化繼續活在我們的共同經驗、知識、記憶裡。第二代移民是過渡時期的一代，往往是不屬於任何文化的一代。

受英語教育，在英語社會生活，要學父母的語言學到說得流利的地步已經夠不容易。再說，哪怕父母在家裡花精力去傳授祖宗的風俗習慣，一旦離開自己的國土，文化只好慢慢失去生命力。

且讓我舉個例子。今年的三月三日，我的一個日本朋友給她還不到一歲的女兒辦了個「桃花節」宴會。她查了幾本日本菜譜，跑了幾家日本商店，準備好了幾種傳統日本菜如「菱餅」、「散壽司」等等。可是，在加拿大的桃花節仍然不能跟在日本一樣。在多倫多買不到鮮桃花，打開電視機也沒有節日音樂，街上也看不到打扮好的小姑娘一群又一群地拜訪朋友家。我的朋友的意圖無疑很可貴，想讓女兒過日本的節日，但是再可貴也沒法復原眞正的桃花節。她女兒長大以後所記住的桃花節，跟我們回憶中的不會一樣。可見，培養文化需要土壤，光靠水去養的文化會漸漸失去原意。

講回愛德華，他父母之所以在外國一直過中國式生活，是因爲他們有在中國生活的記憶。可是，對沒有同樣記憶的愛德華來說，中國人的生活方式只是一片片零碎的七巧板，很難湊成一幅完整的圖畫。失去了共同語言、共同文化以後，父母跟孩子之間的距離確實像兩個外國人那麼遠。他向我提出的各種問題，如東方文化、東方移民經驗等，他本應該可以直接問他父母。可是現在，他只好通過我（又是一個外國人！）的經驗去猜測父母的來歷。當他說到「有時候，我覺得我父母是外國人」時，我不禁爲他心酸。

「可是，」爲了安慰他，我說，「我跟我父母都講日語，不等於我們的溝通沒有問題。每一代人的生活經驗總不一樣，所以有個詞叫『代溝』嘛！我也有時候覺得我父母是外國人。」說完了之後，我似乎馬上在腦子裡聽到了我媽媽的聲音：「那還不是因為你變成了外國人嗎？」

成了傳染病的卡拉ＯＫ

在加拿大多倫多市，離我住的公寓走路五分鐘的範圍內，起碼有五家卡拉ＯＫ酒吧。兩家爲日本餐廳附設，另三家則是中國人開的。雖然大部分顧客是東方人，最近也有越來越多的西方人來唱歌。前幾天，我帶一個日本來的朋友去其中一家，發現有十幾個白種加拿大人正在辦卡拉ＯＫ酒席。

由此可見，卡拉ＯＫ再也不是只存在於亞洲國家的「邊緣」娛樂活動，它已逐漸打進國際「主流」文化領域。如今，連一般加拿大人都知道什麼叫作卡拉ＯＫ了。

「卡拉ＯＫ」這詞兒，很可能是變成國際語言的第一個日本俚語。「卡拉ＯＫ」是「卡拉」加上「ＯＫ」。「卡拉」意味著「空的」，「ＯＫ」則源於英文的Orchestra（交響樂團），合起來的意思便是「無形交響樂團」。三流歌手到地方去演出，常常沒有樂隊伴奏，只好伴著錄音帶（即「無形交響樂團」）演唱。卡拉ＯＫ就是指這種錄音帶的行家俚語。

卡拉ＯＫ在日本流行，已經有十幾年了。不知道哪裡的聰明人想到把本來是職業歌手專用的卡拉ＯＫ設備搬到酒吧去，並收費提供給醉翁們唱歌自娛。它一出現就馬上風靡日本，幾乎在轉眼之間，日本所有的酒吧裡，顧客都拿著麥克風拉開嗓門大聲唱起來。

開始時，卡拉ＯＫ只是錄好了伴奏音樂的音帶。但是，幾年工夫，又有聰明的商人想到加上鐳射錄像。這同時，卡拉ＯＫ慢慢蔓延到東亞各地去了。

日本的酒吧本來是放了工的上班族去喝酒鬆弛的地方，讓整天在極大壓力下工作的人回家之前，去酒吧跟同事、朋友談天。換句話說，提供會話（亦即人與人之間溝通）的機會，本是酒吧的重要功能，有如中國過去的茶館。可是，卡拉ＯＫ卻完全改變了酒吧的面貌，你開門進去，聽到的只是醉客唱歌的大嗓音。

在這種環境裡，「會話」、「溝通」再也不可能了，討論問題更談不上了。哪怕你堅持跟坐在旁邊的人說話，過幾分鐘他就要站起來上台去「表演」。這樣一來，酒吧的氣氛就很不一樣了。很多人因此討厭卡拉ＯＫ。但是，卡拉ＯＫ畢竟能幫老闆賺錢，誰也沒法阻擋這種潮流。

卡拉ＯＫ是個非常自我中心的活動，往往只有唱歌的人自己高興，其他人很少有興趣專心注意地聽，連鼓掌的時候也常是心不在焉的。他們或者忙於決定下一首要唱什麼歌，又或者腦子裡在想自己的問題。

專業歌手唱歌給別人聽，但卡拉ＯＫ歌手唱歌是爲了自我陶醉。站在台上，拿著麥克風，再加上先進的音響設備，普通人唱歌聽起來也不太難聽。十幾年前，這些人很少有機會在公眾場所唱歌，只有經過專業訓練的職業歌手才有機會、有資格在別人面前演唱，一般人都怕出洋相。

卡拉OK的吸引力並不限於從唱歌這種活動得到快感。跟別人一起去卡拉OK酒吧，可以不說一句話，唱完幾首歌之後，像魔術般地出現一種即時的親切感，大家恍如有了一次共同經驗。當然，這種親密感是「虛假」的，未經過眞正溝通，跟毒品產生的迷幻感很相似。所以，卡拉OK往往在把人「原子化」的社會中流行，那些孤獨者都爭先恐後上台去搶麥克風……

很多人第一次聽到或看到卡拉OK就覺得反感。醉客們藉著酒勁兒，自我陶醉地拉開嗓子大聲唱，並不能說是太文明的景觀，反而彷彿像原始人的狂歡。可是，不少當初討厭卡拉OK的人也很快上了癮。

去年底，我回東京探親時，知道日本正流行一種新的卡拉OK，叫作「卡拉OK廂（box）」。你付一小時三千日圓的費用，就可以租一間設有卡拉OK設備的小房間。卡拉OK廂連白天都營業，裡面可以不買酒，你唱了一個小時還想唱，再付三千日圓就是了。結果，很多中學生、家庭主婦都加入了卡拉OK隊伍。小孩子去卡拉OK廂，有些家長不放心，但這些孩子的爸爸已經玩了好幾年卡拉OK了，實在找不到有力的理由禁止小孩去唱卡拉OK。

這莫非是世紀末的現象？整天工作、深感「異化」的上班族在工餘去喝酒唱卡拉OK，自我陶醉一番。連十幾歲的小孩子也是一放學就跑到關著門的小房間去，既不運動，又不跟朋友說話，只是隨著三流錄像唱歌，娛樂自己。這似乎表示社會中人與人「割離」的病狀又加深了。

卡拉OK看來是非常迅猛的傳染病，它的蔓延範圍超乎年齡、文化水平、社會地位或國籍、種族。香港的年輕人、東京的大學教授、多倫多的銀行家，都同樣迷上了卡拉OK，只是他們唱的歌不同而已。

作爲經濟大國的日本，以往被認爲對人類文明少有貢獻。可是過去的十年，從**Walkman**、到卡拉OK、到「任天堂」電子遊戲，日本對世界各國的「文化輸出」已相當可觀。可悲的是，這些都跟日本的傳統文化沒有關係，只是反映和加強了現代人的孤獨。

說到這裡，你恐怕會很奇怪我爲什麼仍然去卡拉OK。我發現，我最近除了少數朋友以外，很難找到共同話題。說到底，是人的孤獨造成卡拉OK的流行，或是卡拉OK造成人的孤獨，這也許是二十世紀末一個「雞蛋與雞」的問題。

約翰尼的咖啡廳

「約翰尼的咖啡廳」（Johnny,s Cafe`）實際上不是咖啡廳。攝影家約翰尼幾乎每個星期六晚上都請幾個朋友到他的工作室，一起吃飯，喝紅酒，談天說笑，聽爵士樂。不知道當初誰開始叫它「約翰尼的咖啡廳」，反正現在所有的常客都用這個名字了。

參加晚餐的，包括約翰尼在內，每次有四到六個人，其中三個可以說是固定的。除了主人以外，就是彼特和維拉德，他們都是年近六十的單身漢。

約翰尼、彼特、維拉德是三十年的老朋友。首先認識的是約翰尼和維拉德，他們原是多倫多安大略美術學院一年級的同學。那一年，維拉德剛剛離開故鄉德國法蘭克福，自個兒來到加拿大。他的孩提時代正好是納粹統治的時期，如今在維拉德的手背上還有一個小小的藍色刺青。「這是我們第三帝國純正日耳曼民族孩子的標誌。」他擠著眼說。現在他是加拿大電腦卡通片的最高權威。

彼特是二十多年前約翰尼和維拉德常去的餐館的顧客。他的父親在多倫多中心區開了一家很大的服裝店，但他本人從來不喜歡做生意，反而對異國的風土人情非常感興趣，於是跑了非洲、東南亞、拉丁美洲等其他加拿大人很少去的地方。過了三十歲，彼特回多倫多開的士，才開始考慮找點事業。「我需要固定的收入，而且最好是一輩子不會丟的鐵飯碗。」正值加拿大的聯邦大選，彼特決定以自由黨候選人身分參加競選，選區是唐人街所在地士巴丹拿區。約翰尼給彼特拍了做海報用的肖像，然後請一個書法家寫上彼特的中文名。結果，他第一次參選就當選了，後來長期做了衆議員。前些年，自由黨中央要求他把選區讓給另一個人，他自己成了首相任命的參議員。這是終身制的工作，是眞正的鐵飯碗。

我是經過約翰尼認識其他兩個人的。有一次，我爲了編雜誌，請約翰尼提供一些加拿大作家的照片，被邀請到「約翰尼的咖啡廳」。看來我已通過了他們三位的考驗，也成了常客，這應該說是一件很榮幸的事。

本來約翰尼是「咖啡廳」的廚師。他做了一輩子的單身漢，他愛吃愛喝，做起菜來很在行，尤其是他拿手的沙拉，可說是全多倫多數一數二的。去年秋天，參議員彼特上了兩個星期的烹調班，星期五在課堂上學做菜，星期六在家裡溫習，之後開小摩托車送到「約翰尼的咖啡廳」。他戴著安全帽，開著後面裝了食品盒的摩托車，頗像個送義大利薄餅的小夥子，誰也想不到他是個參議員。彼特學的是燉牛尾等正宗法國菜，味道精美。

去年的聖誕節，彼特給維拉德送了一個特別的禮物，那是同一個學校點心班的學生證。結果，年初開始，「約翰尼的咖啡廳」有了三個廚師：彼特準備主菜，維拉德負責甜品，約翰尼仍然做他那拿手的沙拉。

三個單身漢自然各有各的故事。

維拉德其實結過三次婚，「法律上的只有一次，但都是比較長期的同居，最後一次還當過好多年的繼父。」那是十多年以前的事。「後來再也沒看過維拉德跟女人在一起。」約翰尼說。維拉德一個人住二千多平方英尺、有三個睡房的公寓，兩個房間沒人用。「沒關係。這是北美洲，有的是土地。」他說。

我剛認識約翰尼的時候，他有女朋友，住在他家附近，是個美術館的行政人員。他倆年紀差不多，相好了十多年。約翰尼仍然熱愛她，跟誰都說：「她那兩條腿，眞是達那馬特（dynamite）！」一年多以前，女朋友搬到加拿大西部，去陪年老的媽媽。「我沒辦法跟她去西部農村！」當時約翰尼很難過。彼特和維拉德非常擔心約翰尼，從此開始監視他，不讓他喝酒喝得太多。

至於彼特，我也問過他爲什麼一直沒結婚。他只笑著跟我說：「我是眞正的盎格魯撒克遜人，你問私事，我會臉紅。」其他兩個人卻告訴我：「彼特年輕時候接觸過很多充滿異國情調的外國女人，在摩洛哥、哈瓦那，他的故事可多著呢！他大概一直沒能下決心娶個加拿大女人，過平平凡凡的家庭生活。」

他們都沒有自己的家庭，約翰尼和維拉德都是雙親已去世的獨生子，但有很多很多

「乾兄弟」、「乾姊妹」、「乾姪兒」、「乾姪女」，我也在「咖啡廳」見過其中幾個。「我小時候總是一個人玩兒，但成年以後交到了很多很好的朋友。我覺得家庭是自己可以發明的。」約翰尼說。

至於我，在多倫多卻無意中找到了三個「乾叔叔」。

他們是老一代的加拿大人：含蓄、禮貌、傷感。「一九五、六〇年代我們年輕時候的加拿大，眞是另外一個國家。社會充滿活力，到處都是賺錢的機會。不知道什麼時候走錯了路，現在是夕陽國家，看不到希望。」我決定離開加拿大時，他們跟我說：「我們會想念你。但對你來說，這是正確的決定。」

我臨走以前請約翰尼替我拍肖像。一個晚上，在他的工作室，我們邊喝酒、抽菸、聊天，邊拍照。現在看那幾張照片，印相紙上雖然看不到背景，但我的眼睛還是很淸楚地能看到「約翰尼的咖啡廳」和我三個洋叔叔。

「他們」和「我們」之間

「我告訴你，『他們』和『我們』眞的很不一樣。『他們』是中國人！」一個朋友很生氣地跟我說。

她是在香港住了好多年的西方人，剛剛跟華人男友鬧翻。兩人之間到底發生了什麼事，我並不感興趣。男女之間的事，第三者是不可能完全知道的。不過，她一說到「他們」和「我們」，我的心就有點慌。「『他們』是中國人，那麼『我們』又是誰？」我問她。

「當然是『外國人』嘛！在香港，中國人永遠是中國人，外國人永遠是外國人！」她盯著我，好像覺得很不可思議，我爲什麼不明白這麼簡單的道理。於是，她接著告訴我，在香港，不管是上街吃飯還是交朋友，外國人受的待遇總是跟中國人不一樣。

好一會兒，她似乎突然間看見了我的臉，說：「對，也許你跟我不一樣，你長得跟他們差不多。」

作爲異族在異鄉生活的經驗，我也有。在加拿大的六年，我連一秒鐘都沒有忘記過我的黑頭髮、黃皮膚，在高大的白人朋友當中我的矮個子。我也從來沒有忘記過在「他們」的眼裡，我首先是東方人，然後是日本人，最後（往往很長時間以後）才是「我」。不管我講英語講得多流利，「他們」先聽到的永遠是我的口音。我跟「他們」在一起，要盡量多說話，爲的是讓「他們」聽到「我」自己的聲音。所以，我當然知道我的這位朋友說的是什麼事情，她有什麼樣的感受。

可是，我到了香港，情況完全改變了。沒錯，我不會講廣東話，明顯不是本地人。不過，我到底是從哪裡來的？是台灣，是北京，還是東京？在香港人看來，這不成爲問題。有人知道我是日本人，更多人不知道。不管怎麼樣，我在香港很自如，還沒有受過一次歧視。

也許，我的朋友說得對，因爲我的樣子跟中國人差不多，所以香港人能看到「我」，能聽到「我」的聲音。而對我來說，香港人就是個別的人，不是抽象的「他們」。

我的朋友說：「你說普通話，他們能聽懂。我說普通話，他們聽不懂，因爲我是外國人。」但我和她講的是普通話，而她說的每一句，我都能聽得懂。

作爲朋友，在我眼裡，她是她，是一個人。然而，剛到香港才五個星期，我不能否認，在我腦海裡已經形成了「他們」的概念。比如說，那個星期天在南丫島看到一大批西方人吃海鮮，講的全是英語，看的全是《星期天早報雜誌》，我的眼睛看到的就不是個別的人，而是很多很多「鬼佬」。

以前我在中國大陸留學的時候，情況不是這樣子的。中國人跟外國人之間的距離，比任何外國人之間的距離更遠，而且遠得多。那距離不是皮膚的顏色，而是在觀念上的差異，或者是在經濟上的差距。大概更重要的是，中國「內外有別」的政策總是在提醒我們：中國人跟外國人是不一樣的，而且是應該不一樣的。

其實，我第一次體驗到把人分成「我們」和「他們」，就是在中國大陸。當時，我經常碰到中國人說，「我們中國」如何如何，「你們日本」（或者「你們外國／西方」）如何如何，使我覺得非常不舒服。因爲「我們日本」這種概念對我很陌生，我從來沒想過自己能代表一個國家。但是，同時，我也沒有懷疑，作爲日本人，我自然地屬於西方自由世界。

之後，我到了加拿大，才親身體會到東方和西方原來是兩個不同的世界。這不是任何政策所導致的，而是赤裸裸的事實。

我發現，我曾經相信我屬於西方，但那是幻想。一方面我受了日本「脫亞入歐」騙局的影響，另一方面我也太天眞地相信了「人類平等」的口號。人類的價值應該是平等的，但人類並不是都一樣。有眼睛的人都能看到不同的膚色，有耳朵的人都能聽到異國的口音。再說，看到像自己的人覺得親切，看到不像自己的人覺得陌生，甚至恐懼，這大概是動物的本能。同時，我們也不能忘記，兄弟之間的對立往往最激烈，前南斯拉夫的情況就證明了這一點。

我剛到加拿大時，盡量要同化。然而，我越要同化，彼此之間的差距越明顯，就因爲我長得跟「他們」不一樣，文化背景不一樣，受過的教育也不一樣。

最後我明白了，我只能做我自己。這樣一來，我就放鬆得多了。而一放鬆，跟人接觸也容易得多了。我要學好他們的遊戲規則，要學好他們的語言和風俗習慣，不是爲了同化，而是爲了用他們的辦法去表達，並且讓他們知道我到底是什麼人。

我在加拿大一直是外國人。我以爲，作爲東方人，人家把我當作地道的外國人比把我當作假洋鬼子好得多。我見外國人要說英語，但從來不學他們親吻或擁抱，反而要老老實實地鞠躬，這樣才地道一點。

在香港，在中國人的社會裡，我好像比較容易被接受。一來是因爲我是黃皮膚的東方人，二來是因爲香港有各地來的中國人，大家對不同的方言和口音已經司空見慣。

至於我白皮膚的朋友，我只好跟她這麼說：「你確實是外國人，而且比我明顯得多。可是，你跟你的男朋友吵架，原因也許不是因爲他是中國人，而是因爲他是男人。你知道，『他們』是不可理解的！」

賣木材的加拿大人

航空信封上寫的名字是「約翰‧哈里斯」，我一點印象都沒有。地址是加拿大安大略省東部的一個小鎮，這我倒有點印象，是去年九月初我去看兩個朋友的地方。他們是一對捷克移民夫妻米羅舒和漢娜，在多倫多工作生活了二十餘年之後，前兩年提早退休，並搬到鄉下農場去了。

一打開信封，我就看到了以下的文字：

「前一陣子在好友米羅舒和漢娜的農場見到你，我十分高興。記得那天我們交換了名片嗎？我當時已經知道不久就要給你寫信，認識到住在地球另一邊的朋友是很令我興奮的一件事。」

於是我想起來了。有一天下午，當我和兩個朋友在客廳坐在沙發喝茶聊天的時候，一位鄰居來做客。那兒是加拿大鄉下，雖說鄰居，卻住在好幾公里之遠。客人沒有事先打電話而直接來，鄉下不像城裡，突然敲朋友家的門不算不禮貌。

那客人就是約翰。看來年紀四十五左右，黃金色頭髮已開始變灰，前額上的一部分開始掉了，肚子也開始變大，但仍然穿著牛仔褲和花格襯衫，頭上戴著棒球帽子，臉蛋稍紅，可說是標準的小鎭加拿大人樣子。米羅舒和漢娜給我介紹說，約翰是安大略省政府的護林員，對當地生態瞭如指掌。加拿大很重視環保，在遼闊國土的每個地區都有像約翰的護林員，爲工作，常常坐直升機出動。

我和他交換了名片，但那只出於禮節。如今他特地給我寫信，會有什麼原因？他的信說：「自從去年夏天保守黨新政府上台以後，安大略人民處於困境。他們爲了一下子削減巨大財政赤字，已決定解雇約百分之五十的公務員，包括我本人在內。我奉公二十七年，現在他們搶走我的工作和退休金。換句話說，我突然間一無所有。」

看到這兒，我嘆了一口氣。從前誰也沒想到，福利國家加拿大的政府對她的人民，尤其是公務員，有一天會如此殘酷。當了二十七年的護林員以後忽然失業，約翰能做什麼樣的工作，更何況經濟很不景氣的時候？他大概中學一畢業就開始在政府部門做事，對森林瞭如指掌，但對其他事情，恐怕知識經驗都很有限。

他的信接著說：「我有二十七年的工作經驗，而且對安大略南部的森林比誰都熟悉，因此想問你關於中國和日本進口木材的很多問題。有人想買木料、木屑、木漿、木板嗎？他們是否已進口大量原材料？如果有人需要這類產品的話，憑我的內部知識，能提供的木材保證是無限量的。」

我開始明白他給我寫信的原因。

「你可不可以幫我跟有關的行家或政府部門聯絡?我和另一個朋友正在跟土耳其公司談判出口紅松木料的生意，他們準備買兩千五百立方米的木頭。我們正在等對方匯過來的錢到加拿大銀行。可是，天知道，也許那筆錢永遠不會來。」

顯然，加拿大也跟中國大陸一樣了，大家都要下海經商。沒有了鐵飯碗，只好自己想辦法賺錢。護林員變成木材出口商是否很自然，我不大清楚。反正，沒有生意經驗，也沒有海外關係的人，辦起進出口業務談何容易。

收到了約翰的來信，我不能不答覆。畢竟他是我好朋友的好朋友，而且他目前的處境確實很困難。我不想讓他再一次失望。可是，想來想去，我也不認識想買木材的人。於是，我打開電腦簡單地寫給他回信說：

「親愛的哈里斯先生：謝謝您的來信，它給我帶來美麗的加拿大農場的回憶。我現時住在香港中心區，從家裡窗戶就能看到五千人的生活。您能想像多麼擁擠嗎?您最近的遭遇實在讓我痛心，聽起來像是加拿大夢終於死亡似的。關於木材進口，我卻一無所知，一時沒法幫您的忙。而且正逢中國新年，跟各方聯絡也不大方便。不過，我一想起什麼辦法，一定馬上給您寫信。上次在加拿大認識您是我的榮幸，希望今後能保持聯繫。祝您萬事如意。」

多倫多的法國移民父子

法國朋友保羅和太太、兒子一九八七年移民到加拿大。保羅是個畫家，太太是小學老師。雖然是跟多數加拿大人一樣的白種人，他們覺得加拿大很難適應。「這裡的人腦袋太簡單了！」保羅以前經常說。他們一直想念巴黎。

這次回到多倫多跟他見面，我發現保羅有了很多白頭髮。他年紀還不到五十歲。「你記得我們曾經考慮回法國吧？這兩年我們做了研究：有沒有可能回到巴黎去。結果是令人失望的。現在歐洲的經濟情況太差，如果我們回去，恐怕找不到什麼工作，一個原因當然是年齡。三十多歲的人還可以重新開始生活，可是人到五十，只好繼續過去的生活了。」

保羅說，當初他們來加拿大，是因爲「長期夢想在外國生活」。四十多歲，他覺得自己處於人生最有精力的階段。於是辭掉了工作，跟太太孩子一起過了大西洋。當時他沒想到「新大陸的人跟歐洲人到底多麼不一樣」。告訴我這一句話的不僅是保羅一個，我在加拿大認識的大部分歐洲移民都這麼說。

「反正我現在知道已經離不開加拿大了。既然要留在加拿大，天天埋怨周圍的環境也沒有用了。」保羅說。他以前每天看《多倫多環球郵報》，看了以後一定不高興，因爲在加拿大發生的很多事情他無法理解。

「現在我一個星期才看一次報紙，那是星期六刊登的電視節目表。報紙上的新聞盡量不看，電視上的新聞則只看法國台和英國台的。少一點跟加拿大接觸，我對加拿大的意見也可以減少。」爲了積極地生活，他採取的顯然是很消極的辦法。

他兒子是十五歲離開法國的，講起英語來沒有像他父親那麼濃的法國口音。年輕人的適應力比中年人強得多。我曾經以爲這位法國小夥子將成長爲百分之一百的加拿大人。然而保羅告訴我：「我兒子前幾個月走了，現在他在香港的一家酒吧工作。」

保羅的兒子去年大學畢業，有了化學的學位，在經濟不景氣的多倫多，對找工作一點幫助都沒有。後來他開始在義大利薄餅工廠當工人。

「那當然不是很理想的工作，可是我兒子也不能閒著。在工廠裡一天工作差不多十個小時，他才能賺到最起碼的生活費。誰想到，這樣一份低級的工作他都保不住。」

失業並不是他自己的錯誤。「去年北美的棒球隊和冰球隊長期罷工，你記得嗎？加拿大人是在家裡看電視球賽的時候，吃義大利薄餅的。電視上沒有了棒球和冰球，薄餅廠的生意直接受影響。結果工廠倒閉了，我兒子的工作也沒有了。」

二十三歲的加拿大大學畢業生認爲，到了這個地步，參軍是他唯一的謀生方法。「參軍的手續他都辦好了。可是正好那個時候，加拿大軍隊發生了醜聞事件。大家都忙於解決這事件，我兒子幾個月都沒聽到軍隊的消息。」

不難想像，小夥子對他在加拿大的前景感到絕望。可是他也覺得故鄉巴黎已經太陌生了。「後來他決定去香港，因爲最近一兩年離開多倫多往香港的人很多，包括你在內。」保羅看著我的臉說。

關於他兒子在香港的生活，保羅知道的不多。其實他連兒子的電話號碼都沒有，手裡只有傳呼機號碼。

「我打過一次他的傳呼機，但接電話的人好像不會說英語。反正是男孩子，我並不擔心。前些時候，他打電話過來說，在酒吧工作的薪水比加拿大的薄餅廠的多。他租了朋友家的一個房間，雖然居住條件沒法跟加拿大比，生活卻有刺激。他說要在香港待兩年賺點錢。」然後呢？

「他說再也不想回加拿大了，這裡太沒有意思。在香港他交了不少法國朋友，說跟他們在一起覺得親切。我估計他以後會回法國去。」

如果當初沒有移民，省了多少麻煩！我心裡感嘆，但沒有跟保羅說。

格拉姆西公園飯店

這次來紐約，還是從早到晚不停地工作，很少有自由活動的時間。幸虧，我們住的是格拉姆西公園飯店（Gramercy Park Hotel），留在裡面都能感受到紐約這座國際城市的活躍氣氛。

「格拉姆西公園」是全紐約市唯一的私有公園，與其說「公園」，倒不如說「私園」。有樹有花，也有人跑步，看起來跟普通的公園沒兩樣。只是門口有鎖，外人不能進去。

飯店位於公園旁邊，裡頭分成兩部分：第一部分是一般的飯店，另一部分則是公寓式的賓館。我住在後者，因爲這次在紐約要待一個多月。

公寓式賓館的房間很大，床也很大，洗澡間都相當大。我估計這是由於格拉姆西公園飯店有五十年的歷史，是家古老的歐洲式飯店。在介紹單上寫：「因爲這裡特別舒服，不僅有來自七十個國家的遊客下榻，而且我們老闆也住在裡面。」房間裡還有個小小的廚房，設有電爐、冰箱、洗碗池，自己可以做簡單的菜。對長期的住客來說，這樣的環境實在再方便不過。

當然老飯店有老飯店的毛病。電視機是舊式的，沒有遙控器。電梯也是舊式的，慢得要命，而且經常故障。有一天，一個電梯壞了，公寓式賓館總共十八層的所有住客要用剩下來的一個電梯。我跟推著自行車的歐洲小夥子一起等電梯，門一開，裡面已有人，只有我自己能上。過十分鐘，我辦完了事情再下來，到一樓時看見剛才那個小夥子和他的自行車還在耐心地等著。

有時候我坐在飯店大廳，邊抽菸邊觀察來來去去的各種人。紐約是聞名於世的種族熔爐，光是工作人員就有白人、黑人、黃種人和中南美洲人等等。營業部的主任是四角臉的阿爾巴尼亞人，小賣部的售貨員是印度小姐。至於住客，更是五花八門的了。傍晚有兩個男人手拉著手出去：一個是白皮膚的中年人，另一個是東方小夥子。有個白種媽媽帶兩個黑人孩子下來，大概是跨族養子吧！十歲大的黑小孩打扮得很整齊、很可愛，他對旋轉門非常感興趣，先轉了兩三圈，然後追趕媽媽和哥哥。

在公寓式賓館住的，多數是長期的住客。我天天見到他們，多多少少能知道他們的生活。講法語的老夫妻，總是穿著套裝，坐在電梯旁邊的角落看雜誌或打瞌睡。他們喜歡那個角落，因爲有大暖氣，比房間裡暖和得多。有個白頭髮的歐洲先生，每天推輪椅下來，坐的是他十多歲的女兒，看來有小兒痲痺。在這裡，養狗的人也不少，大型的、小型的、黑色的、白色的，各種各樣的狗跟他們的主人一起到格拉姆西公園散散步。

格拉姆西公園飯店位於曼哈頓二十一街上，是三大道和公園大道之間。附近有家日本餐廳叫「銚子」，服務員全是年輕的日本男女，廚師卻是中南美洲人。味道算是地道，各種生魚都很新鮮，而且還有從日本進口的毛豆，這是日本夏天的標準下酒菜。因爲收費標準不很高，我的日本同事常常光顧「銚子」，坐在美國顧客之間，邊喝冰清酒邊吃天婦羅。

至於我自己，一有機會就跑到義大利式的小餐館，先喝杯紅葡萄酒，然後吃盤意粉，最後喝濃咖啡，我是會特別滿意的。紐約到處有韓國人開的食品店，一天二十四個小時不停地營業。他們的「沙拉吧」很有名，除了生蔬菜、水果以外，還有麵食和美國式的中國炒菜等。先拿大小不同的塑料盒子，自選各種菜，之後帶到收銀處按重量付錢。韓國店的「沙拉吧」不僅給紐約上班族提供方便的午餐，而且幫單身人士（或像我這樣長期住飯店的遊客）解決晚飯和夜宵的問題。

我在紐約最喜歡的早飯是附近法國店賣的甜麵包。早上一起來就去買幾個麵包，然後在報攤買《紐約時報》看，這是我每天短短的自由活動時間。幸虧，我住在格拉姆西公園飯店，在歐洲式老飯店寬敞的環境裡，能吸進國際城市紐約的活潑氣氛。

眼淚的翻譯

紐約唐人街的一家餐廳，在桌子上擺的是各種海鮮。星期天下午六時，時間還早，店裡的人不多。老闆自己上了舞台，隨著卡拉ＯＫ開始唱歌。他是香港人，但唱的卻是台語歌曲。「我們在海外唐人街，要學會各種方言呢！」一個人說。

我來紐約，是爲了給一家日本電視台當翻譯，他們要拍一部有關中國新移民的紀錄片。最近幾年，大量福建移民湧入了紐約唐人街，他們是福州附近農村來的打工仔，多數人負著兩、三萬美金的債。

這天晚上，跟我們一起吃飯的四個人，就是這種福建新移民。有的剛來兩、三年，也有的已經在美國待了七、八年，都是結過婚、有孩子的父親，但大家都單獨在紐約。

「我父母在家鄉。每次給他們打長途電話，他們一定問我：在美國辛不辛苦？他們很擔心我。我怎能告訴他們我非常辛苦呢？一聽父母的聲音，我就沒辦法說話。我不想讓他們擔心……。」他是還不到三十歲的年輕人，看樣子很有男子氣。可是，邊說話，邊想父母，他的眼睛慢慢發紅；不久，眼淚都掉下來了。

在座的幾個人保持沈默，誰也沒辦法安慰他，雖然每個人都深深明白他心裡是什麼滋味。

日本電視台派來的導演和作家，均是中國問題的專家，曾經發表過有關海外華人的作品。然而，他們倆都不大會講中國話。這幾天，他們跟中國新移民之間的交談，全部由我來翻譯。從早到晚不停地約人見面；從一開始的寒暄話，每一個問句，每一個回答，一直到告別時的最後一句話，統統都由我來翻譯。

可是，當這位福建年輕人流眼淚的時候，我不需要開口了。這位男子漢的眼淚比任何話語更強烈地表達出他的心情來。

我不是專業的翻譯，尤其是口譯的經驗，我不算很豐富。日本電視台要我來紐約，又不是爲了純粹的翻譯。我的角色是，促進日本導演和中國新移民之間的溝通。現時我們還處於事先調查的階段，下個月才正式開拍。這次赴美的主要任務，是爲紀錄片找合適的訪問對象。

把日語翻譯成漢語，或者把漢語翻譯成日語，對我來說，技術上的困難並不很大。問題是，語言離不開文化，兩種語言離不開兩種不同的文化。在一個文化裡極爲正常的事情，在另一個文化裡卻顯得出奇。翻譯工作的難處就是兩種文化之間溝通的困難。

比如說，我們要拍的紀錄片。在日本導演的腦海裡，紀錄片是換了角度的新聞報導，應該是現在進行型的。他這次來紐約，要做好下個月拍攝工作的準備，想找到將要發生的素材。相比之下，福建朋友們所了解的紀錄片，是他們曾經在中國大陸看過的那種，把過去發生的事情以「紀實」的方式拍出來的一種故事片。再說，他們每一個人都有難以盡言的經歷，想把自己的經驗和感受說出來，並得到別人的理解。這也可以說是採訪者和被採訪者的區別。導演要的是現在的、甚至未來的鏡頭，福建移民願意提供的是以往的，因此在現實當中已經不再存在的時間。

我是爲日方工作的翻譯，但，直接跟福建朋友們說話的又是我。在理解日本導演的要求的同時，我也非常理解福建朋友們的心理邏輯。結果，我不時感到好像自己在分裂成兩個部分。雙方的立場我都明白，卻不可以站在哪一方的立場上。恐怕所有的翻譯者都經驗過這種困惑，尤其是交談的目的不是商業性的談判，而是通過思想交流、要建立共識和互相之間信賴關係的時候。

那福建男子漢流的眼淚，像魔術般融化了雙方在文化上、立場上的不同。他的眼淚是過去痛苦的日子在此時此刻的表現；日本導演看到了正在發生的人生故事。我是翻譯者，靠嘴巴賺錢。然而，當我不再需要開嘴巴的時候，卻是翻譯工作的最後目的達到的時候。不用翻譯的翻譯者，才是最滿意的翻譯者。

危險的紐約

以前看電視、看報紙，對紐約產生的印象是「非常危險的城市」。這次來紐約兩個月，卻沒有感覺到危險。當然，我不會去不安全的地區，也不會晚上自己出去。但一個人坐地鐵、的士，從來不覺得可怕。

同時，我見到了一批人異口同聲地說「紐約治安太壞了」，他們是在唐人街住的大陸新移民。不會講英語、不懂美國法律的人，確實容易成爲社會的弱者。

有一個晚上，我跟當地的記者朋友一起去了包厘街一個公寓。在製鐵廠的樓上有三十個人住的單位，裡面分成八個小房間，也設有大廚房。與其說是公寓，倒不如說是旅館，只是大家都是長期的住客，而且沒有管理人員在。

前些時，這個公寓給搶劫了。晚上十二點半，四個帶槍的歹徒進來，把所有的人關在一個房間裡。之後，搶了他們身上的現金、護照、手錶等。歹徒是講福州話的年輕人，受害者亦是福州來的新移民。他們是在餐館、製衣廠裡打工的，月薪才一千多塊美金，在紐約算是貧民了。但這些貧民，每個人的身上卻有幾百塊錢的現金，因爲他們從來不用美國的銀行。所有收入，通過中國銀行寄回家鄉之前，全部放在他們的錢包裡。所以，幾個歹徒進來，不花半個鐘頭的時間，就能拿走幾千塊美金。

我看那些受害者，全部是二十幾到四十幾歲身體健康的大男人。他們的臉、態度所表達的無力感，給我留下的印象特別深。

「我們在美國的生活多慘！」「老老實實打工賺來的錢，這樣子給幫派搶走，還要面對生命危險！」「而且警察都看不起我們。」

那天晚上，歹徒走了之後，他們馬上報警了。好一會兒，幾個警察來了，其中一個是中國人，但只會講廣東話，跟這些福州人沒法溝通。「結果，警察站在門口問了幾句而已，連進都沒進來看裡面的情況。那個廣東人說，你們要報警的話，明天來警察所好了。但我們誰也不會講英語，而且工作不能休息。怎麼可能去警察所呢？」

他們很不高興，但主要是感到無奈，卻沒有生氣的精力。我要拍他們的照片，他們馬上很害怕。「對我們會有不好的影響。」一個人說。他們怕在報章上登出來以後，那些歹徒要報復；也害怕美國當局找他們的麻煩，因爲好多都是沒有綠卡的非法移民。

在回去的路上，當地記者朋友跟我說：「人窮多見鬼。」她說得很對。這次在紐約探訪中國來的新移民，幾乎每一個都有給搶劫的經驗。兇犯很多是他們的同鄉，也有時候是黑人、中南美洲人，由美國社會的弱者去欺負比自己更弱的人。

老王從福州經過香港來紐約已經有二十年，他一直在洋人開的餐館裡打雜工。我第一次跟他見面時，他還在一家匈牙利餐館裡工作，只是他不知道老闆是什麼地方人。「Hungary 是哪裡？」他問我。老王不會講英語，他來紐約二十年，在朋友當中竟沒有一個人知道 Hungary 是匈牙利。「那個鬼婆很兇，整天都罵我。」老王說。但他也不知道匈牙利女人罵他到底說什麼。

老王去年在路上被一個黑人搶劫，口袋裡的錢全部給搶了，而且被打壞了一隻眼。「現在我一隻眼睛看不清楚了，醫生說沒法治。」他當初也是爲了實現美國夢來紐約的，過了十四年才回去家鄉討了一個老婆。去年老婆生了孩子了，但老王還沒看過孩子的照片。不住在一起的夫妻幾年見一次面也可以生孩子，但不可能有家庭生活，更不可能有眞正的感情。

我估計，中國移民只是一個例子。紐約之所以成爲「危險的城市」，是因爲這裡有很多國家來的移民過著低下階層的生活。自由的國家美國，給他們自由發展的機會，同時給他們自由失敗的機會。我曾經在加拿大也是移民，現在又做爲外國人在香港住，對他們的處境切身地感到同情。但我只好告訴他們：「你們要自強，否則人家會更欺負你們。危險的也許不是紐約，而是你們的生活環境。」

不明國籍人

「我這兩個星期的結論是：你是個『不明國籍』的人。」日本導演跟我說。

我和他一塊赴紐約，爲了一部有關海外中國移民的電視紀錄片，做了些採訪工作。我的角色是他的翻譯，最多時候是日中（普通話）之間的翻譯，也有時候是日英／英日的翻譯，偶爾幾次還勉強翻譯了廣東話。

「不明國籍？那是什麼意思？我是日本國籍，另外有加拿大的永久居留權。香港身分證只是臨時的。」我說。

「我不是那個意思，」導演馬上打斷我的話，他顯得有點不耐煩。

我雖然在日本出生、長大，這十年基本上一直在國外，跟日本人一起工作的經驗不很豐富。這次在紐約，令我感到新鮮的，除了紐約的環境和那裡的中國人，還有日本人的工作方式。

給我留下深刻印象的有兩點：第一，他們的「集體意識」很強。大家都爲一個目標奮鬥，每一個人的工作範圍分得極爲不清楚。雖說最後做出決定的是導演，但每一個人都要不停地替他想。其實，當我第一次接到東京長途時，我問了他們：「要我做什麼工作？」對方的回答是：「要你做我們集體的成員。」我不明白那是什麼意思，於是追問：「我從來沒做過電視的工作。拍紀錄片的集體成員到底應做什麼事情呢？」我通過電話線，聽到了對方有所不耐煩的聲音：「你會講中文、英文，不就可以替導演當翻譯嗎？」

開始了工作以後，我有幾次感覺到導演對我不耐煩，只是當時我搞不清楚自己到底做錯了什麼事。畢竟沒有人具體地告訴我應該做什麼。所以我不知道，是我做得太少，還是太多。

這其實是日本人工作方式的特點之一。他們之間很少討論事情，反而在很大程度上靠「以心傳心（心領神會）」式的無言溝通。當導演不高興的時候，他很少把使他不高興的原因說出來，卻用表情和態度表示他的不滿意。

這對我造成雙重的困難。因爲我是翻譯（雖然沒人告訴我這是我的工作崗位），不明白他意思的時候，我沒辦法把不明白的內容翻譯成外語。於是我問他：「你是什麼意思？」結果使他更加地不耐煩。

那天他給我解釋「不明國籍」是什麼意思。「當你釘著我問『你是什麼意思？』的時候，也許你自己沒有任何言外之意。可是，我是日本人，不習慣別人這麼直接地提出問題來。我很自然的反應是：『你這是什麼態度？』」他說。

我點了點頭，可是心裡還是似懂非懂。我只是不明白你是什麼意思，所以問「你是什麼意思？」但你的反應是「你是什麼態度？」那麼，我應該去哪裡找答案呢？

導演說我是「不明國籍」的人，因爲他相信，只要是眞正的日本人，應該能夠心領神會他的意思；可是我不能，而且還違反日本人的禮節，提出很直接的問題，如「你是什麼意思？」

日語本身並不比其他語言複雜，但是，日本人的沈默比外國人的沈默複雜得多，日本人很善於通過沈默來表達自己的意思。對於日文，我的理解能力從來不是問題（我還用日文寫文章給日本大報章）；然而，對於日本人的沈默，恐怕我不能說有全面的掌握。換句話說，我缺乏「以心傳心（心領神會）」的能力，因此做不上完全的日本人，所以導演說，我是「不明國籍」的人……

一個香港朋友告訴我：「他說你是『不明國籍』的意思，大概是他不知道應該把你當作日本人，還是應該把你當作外國人。」眞沒想到，離開日本還不到十年，在日本人的眼裡，我的國籍竟成爲問題。一個中國人離開中國人的地方十年，會不會在同胞的眼裡變成一個外國人或「不明國籍」的人？一個美國人離開美國十年，會不會被視爲「不明國籍」的人？

我想起來一些在日本生活了很久的外國朋友，他們經常向我訴苦說：「我在日本已經好多年了，他們爲什麼還不把我當作自己人呢？」現在看來，這一點都不奇怪。連像我這樣土生土長的日本人的「國籍」，在短短十年之內，都要成爲問題。一個外國人在日本人的眼裡能當上「自己人」，談何容易？外國人說日本社會很難進入是很有道理的。日本社會好比是會員制的俱樂部：入會的條件頗多、頗複雜，而且那些條件都是不成文的，你得自己去心領神會。

美麗田系列

美麗田001

成長是唯一的希望

⊙吳淡如　定價$200元

　　吳淡如第一本自我成長的私密散文，在離家的火車上、在初嚐愛戀的青春裡、在掙扎傳統價值的抗爭中……每一次都勇敢打破別人說的不可能，即使跌跌撞撞、懵懵懂懂，卻一次又一次累積成長的勳章。

美麗田002

魔法薩克斯風

⊙高培華　定價$250元

　　一個孤獨的單親小男孩，原本個性自閉而害羞，因爲一把薩克斯風，他第一次充滿勇氣和夢想。人的一輩子都必須認眞地做一件事，勇敢不退縮，就會有快樂和成就；所以從現在開始，一點也不遲……薇薇夫人、陳樂融、黃子佼聯合推薦

美麗田003

玩出眞感情

⊙曾　玲　定價$180元

　　曾玲的度假小故事，讓你看了喜歡、讀了感動；她爲你開啓一扇不同視野的度假指南。你從來不知道可以這樣度假……旅遊名作家褚士瑩眞情推薦

美麗田004

吃最幸福

⊙梁幼祥　定價$199元

　　62家名店美食指南，豐富導引，梁幼祥眞情推薦，26道名菜食譜，彩色照片，簡單做法，人人皆可成爲幸福料理人。亞都飯店總裁嚴長壽幸福推薦

美麗田005

眞情故事

⊙黃友玲　定價$170元

　　黃友玲的眞情故事每一篇都是一顆閃亮的星星，讓我們看到一點點感動的累積、一點點眞情的心意；就像在黑夜裡所散發出來的溫暖星光，教人無法忘記！

美麗田006

紅膠囊的悲傷1號

⊙紅膠囊　定價$160元

　　告別老菸槍的電椅理髮院、拉門式大同電視、治痛良藥五分珠；告別留在海邊的十七歲的我；告別十九歲生日快樂的她；願我遺忘、願我釋放、願我無怨無悔……，32頁精采有顏色的春風少年心事加上120幅關於愛情的不捨回憶。知名漫畫家尤俠、名作家彭樹君、漫畫評論盧郁佳、紅膠囊死黨可樂王用力推薦

美麗田007

溫柔雙城記

⊙張曼娟　定價$180元

　　張曼娟在城市裡自由往來的抒情紀錄，具備了女性溫柔、體貼的文風特質，更兼具了男性果斷獨立的理性觀察，本書完整呈現張曼娟的千種風情與生活體悟。

美麗田系列

美麗田008

小迷糊闖海關　⊙曾　玲　定價$180元

一個美麗的女水手，跟著自戀迷糊的烏龍船長，加上啤酒肚的億萬富翁，以及年輕英俊的潛水教練……這是一本關於航海故事的書，篇篇精采絕倫，冒險刺激、顚覆秩序的海上生活，等你來書中體驗，挑戰趣味！海洋名作家廖鴻基推薦

美麗田009

再忙也要去旅行-旅遊英文OK繃　⊙鄭開來　特價$199元

在忙碌的城市生活裡，每個人好像都在等待旅行的時間表，等待花開花落又一年，等待老闆高興工作加薪……但是，鄭開來要告訴你:「再忙也要去旅行!」隨書附贈鄭開來旅遊英文OK繃＋有聲書，爲你的英文隨時補充能量，一切 OK！No problem！

美麗田010

人生踢踏踩　⊙李　昕　定價$170元

《人生踢踏踩》是李昕的第一本書，完整記錄自己的轉折故事，充滿女性自覺的想法，李昕的勇往直前，願與你共勉——人生永遠來得及重新開始！幾米、朱德庸、夏瑞紅、蔡詩萍推薦

美麗田011

願意冒險　⊙吳淡如　定價$200元

緊緊握著勇往直前的決心，學習著放棄悲傷、飛離束縛，每一次痛苦的掙扎，都讓我們的生命源頭泉水更豐盈！吳淡如書寫生命中多次在內心、在生活裡的冒險旅程，每一篇都散發著酸甜苦辣的勇往直前。

美麗田012

旋轉花木馬　⊙可樂王　定價$180元

這是一本關於童年的書，台灣版的《狗臉的歲月》，由可樂王自編自導自演。收錄在書裡所有的塗鴉，同時配上32頁彩色圖，他不斷思考著，作爲一個孩子的我們，彼時都在想些什麼呢？可樂王試著尋求答案，試著在《旋轉花木馬》中告訴你答案……

美麗田013

紅膠囊的悲傷2號　⊙紅膠囊　定價$180元

這是紅膠囊繼悲傷1號之後的悲傷2號；情感找到缺口，悲傷也有續集，昔日的戀情拂袖而去，昨日的記憶溫暖停留，小小的喜悅、小小的幸福、小小的惆悵都可以在《紅膠囊的悲傷2號》中盡情悲傷……紀大偉、張惠菁聯合推薦

美麗田014

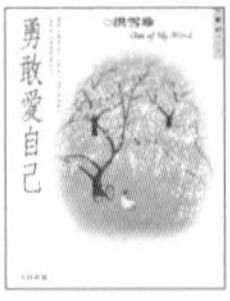

勇敢愛自己　⊙洪雪珍　定價$180元

一本爲你找回生命節奏、激勵勇氣性格的生活隨身書，一個時代青年必備的三部曲:關於工作交響曲、關於生活流行曲、關於感情合奏曲，讓你重新發現自己，原來一切可以如新，生命可以痛快有朝氣！秦慧珠、幾米、朱德庸、吳若權、陳佩周、廖和敏一致信心品質保證

美麗田系列

美麗田015

大腳丫驚險記

⊙曾　玲　定價$180元

本書沒有外國奇異風景，但是卻有本土的冒險刺激；沒有歡樂享受，但是卻有感人眞摯的故事；曾玲有著十八般武藝教你在野地裡一樣可以烤五花肉、搖搖鷄，教你做竹筒飯、汽水飯、海苔比薩，現代人的野趣與冒險全在這裡。

美麗田016

這個媽媽很霹靂

⊙李　昕　定價$180元

李昕從小就是叛逆少女，後來成爲霹靂媽媽。她讓女兒了解她的感情世界、陪女兒上色情網站，共同討論熱門話題：威而剛風潮、偶像崇拜。身爲母親的李昕，懂得如何與孩子談性、談離婚，教女兒跳佛朗明哥舞蹈。誰說媽媽一定要犧牲奉獻，刻苦忍耐，李昕不但不忍耐，她還要和女兒一起霹靂生活。

美麗田017

寫給你的日記

⊙鍾文音　定價$220元

一個單身女子離開家人與愛人、朋友，置身紐約的動盪與陌生不安，生活裡五味雜陳的酸甜苦辣，架構脫軌的眞實人生，讓你眞切體會一個人在異地都會的掙扎與找尋自我的喜悅。眞實的日記本，與你終宵共舞，讀出旅者孤獨悲傷的況味。

美麗田018

品味基因

⊙王俠軍　定價$220元

一篇篇如詩散文，層層倒回時光隧道裡，懷舊的氣味中嗅聞著一位樂於冒險、勇於嘗試，對空間敏感的小男孩如何在生活軌跡裡，摸索著對美的形成。憤怒青年時期的執著與專心，在電影、閱讀、攝影、繪畫的一致追求，直至成爲台灣玻璃的代表人物，仍舊孜孜不倦「誠意」是藝術表現的最高境界。什麼是屬於台灣眞正的美學經驗？請看王俠軍。南方朔品味推薦

美麗田019

踩著夢想前進

⊙林姬瑩　定價$200元

《踩著夢想前進》這是一本充滿勇氣與夢想的書，一個南台灣的女子實現單車環遊世界的故事，她擁有小王子的純眞及牧羊少年的勇氣，騎著單車、帶著夢想到世界旅行，她相信行萬里路之後，更清楚知道自己的方向，用生命去體驗大自然、豐富人生。

美麗田020

心井・新井

⊙新井一二三　定價$180元

新井一二三第一本在台灣出版的中文作品，內容集結中國時報人間副刊「三少四壯集」專欄文字。從世界性的遊走氣魄，回歸到東京郊區的淡然，其中凝鍊著新井面臨日本現象，所聞所見之反思，一篇篇歷經的人情故事，讀來浮沈感人，是海外浪子身心感受的眞實世界，更是你我內心的一口心井湧現。吳淡如、林水福推薦

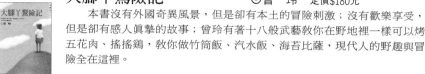

美麗田系列

美麗田021

華滋華斯的庭園

⊙松山 猛著　邱振瑞譯　定價$220元

《華滋華斯的庭園》讓你成爲生活玩家，從享樂中得到自由，它能讓你完全放鬆心情，勾起遺忘已久的甜蜜玩性。沒有現代人面臨的那種時間壓迫感，同時帶領讀者來到「紅茶」、「鐘錶」、「祇園」、「南法普羅旺斯」等有趣的地方，徹底實踐享樂的自由品味。

美麗田022

華滋華斯的冒險

⊙寺崎　央著　李俊德譯　定價$220元

穿什麼？吃什麼？住哪裡？興趣是什麼？旅行的去處？爲了讓您過更舒適愉快的生活，提供了16則有趣的話題供您做參考。

我們將邀請您一起去參觀Key West海明威和貓一起生活的家、好好吃頓早餐的美麗人生、單身生活者有餐具櫥櫃的房間。

美麗田023

有狗不流淚

⊙理察・托瑞葛羅夏著　李淑眞譯　定價$120元

這本實用的趣味大全，就像愛犬溫暖、親切的招呼，瑣碎的細節將使你的生活爲之一亮，讓你備感溫馨，增加你更了解人類這位最好的朋友。本書有各種實用的小祕訣，小至如何讓你的狗維持健康、快樂，大至狗兒英勇的啓發性事蹟、狗兒是治療大師、同時也創造歷史的種種紀錄。

美麗田024

有貓不寂寞

⊙理察・托瑞葛羅夏　李淑眞譯　定價$150元

你知不知道你的貓是左撇子還是右撇子？你知道含有生物鹼的巧克力對貓是一種毒藥嗎？你經常觀察貓咪的尾巴、貓咪眨眼睛、貓咪的牙齒和壽命嗎？這是一本使你永遠不會過敏的貓咪書，挑選本書就像挑選你最愛的貓咪一樣，絕對讓你會心微笑、愛不釋手！

美麗田025

未來11

⊙ 紅膠囊/作品　張惠菁/撰文　定價$250元

這是一本風格強烈的圖文概念書，主題關於一個虛擬的時空， 由兩位新世代的優質作者——圖文書作家紅膠囊與張惠菁一同合作。紅膠囊創作了一系列充滿未來風格的圖像，而張惠菁則用文字架構起屬於《未來11》這個虛擬世界的僞知識，圖像與文字的兩種創作互相指涉，開闢出豐富的概念磁場。

美麗田026

樂觀者的座右銘

⊙吳淡如　定價$220元

現代人面臨著人心徬徨、生命無常，爲事業擔心、爲家庭煩憂的種種困境，不知該如何面對未來，也不懂如何讓自己活得聰明，挫折與壓力讓我們過得一點都不輕鬆自在……現在，超人氣名作家吳淡如在千禧年公開自己的座右銘。

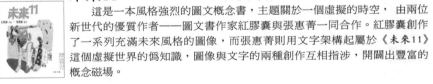

美麗田系列

美麗田027

可樂王AD/CD俱樂部　⊙可樂王　定價$269元

內容多收錄自於【花編副刊】版創版圖文專欄，可樂王這些豐富有趣的圖文，約莫完成在1996-1999年間，屬於可樂式的口吻、可樂式的懷舊氣味，可樂式的思考邏輯，正在蔓延，《可樂王AD/CD俱樂部》偷偷開張了。……

美麗田028

單車飛起來　⊙林姬瑩＆江秋萍　定價$220元

上天總是適時地安排一些看似無法克服的障礙和困難，卻又往往在最後爲你準備了一份特別的禮物，而你必須經歷過程中的掙扎和煎熬，於是當你親自打開它時，才會懂得珍惜。《單車飛起來》獻給勇於接受挑戰的朋友們，讓我們的夢想能夠繼續自由地飛翔。

美麗田029

語言讓人更自信　⊙胡婉玲　定價$199元

這是一本介於自傳、語言學習法以及勵志哲學觀的混合文體，民視主播胡婉玲透過時間循序漸進地記錄個人經歷，再融入對於自我建設信心、學習語言的理念看法等。期望讀者們從書中汲取經驗，營造適合自己的語言學習環境，建構屬於自己的生活語言運用網。隨書附贈胡婉玲採訪CD中英文雙語有聲書

美麗田030

快樂自己來—生活點子雜貨鋪　⊙李性蓁　定價$190元

自由自在一個人，錄下電車的廣播，想在哪裡下車就在哪裡下車；設計一份Special的菜單、送一份創意的小禮物給心愛男友；即使是偶像劇也可以感動得痛哭流涕……後青春期美少女李性蓁的生活點子雜貨鋪創意十足、魅力無窮。

美麗田031

朵朵小語　文：朶朶　圖：萬歲少女　定價$200元

用心灌溉快樂和希望的種子，爲你的人生開出美麗微笑的幸福花朵！自由時報花編副刊最受歡迎的專欄集成書。是心靈的維他命，生活的百憂解。
甫上市即榮獲金石堂暢銷書排行榜

美麗田032

夢酥酥　圖文：商少眞　定價$350元超值價$249元

你昨日有沒有做夢？是讓你流口水一直回味的好夢嗎？還是討厭的最好忘光光的壞夢？夢的世界無法想像，但是商少眞全部幫你畫出來了。商少眞第一本關於夢的書，華麗而豐富的圖文，絕對讓你愛不釋手，還會尖叫卡哇伊！

美麗田系列

美麗田033

東京人

⊙新井一二三　定價$200元

本書是新井離鄉背井的海外故事，有淚痕、有歡笑的青春紀念冊。獨特的新井一二三，有著不同於追求世界和自我的方式，當我們慢慢品味著她的國際經驗，相對也改變我們觀看的視野。而人生不就是因爲獨特的價值觀，累積了我們豐富的眺望，進而反芻、回味、沈澱，而有了自己的幸福。

美麗田034

涼風的味道

⊙紅膠囊　定價$250元

高溫36度C，在藍色游泳池裡飛翔，彷彿有爵士樂，想到冰鎭啤酒，和那一年夏天遇見的她。如果需要洗滌、如果不在夏天，請小心保存紅膠囊創作《涼風的味道》，是精神除濕機也是心靈洗衣機，讓我們徹底乾爽、清涼朦朧、薄荷迷幻、消暑解渴、抗壓止痛、繼續搖擺……

美麗田035

我看見聲音——王曉書聽不見的故事

圖文⊙王曉書　定價$230元

她聽不見聲音，卻從來不自卑。一句「Trust me! You can make it.」成爲人人皆知的國際名模，她努力打破聽障限制，不怕無聲的世界一片孤單，卻害怕沒有學習的機會。一個聽障生勇敢突破障礙與不便，她讓你看見希望的聲音。王曉書第一次用文字和圖畫表達自己的內心世界，是城市中最美麗的聲音。

美麗田036

朵朵小語2

文字⊙朵朵　圖畫⊙萬歲少女　定價$200元

《朵朵小語2》裡有一則又一則令你覺得舒服的話語。舒服得就像三月的小雨，六月的微風，九月的白雲，十二月的陽光。朵朵彷彿是一個溫柔的小女巫，告訴你如何使用心靈的魔法，在你的「生活帽子」裡變出「快樂的花朵」。生活裡難免有悲傷，憤怒，沮喪，被人誤解的時候……《朵朵小語2》可以是你生活中一把溫暖的熨斗，燙平你心底的寒冷與崎嶇。所以，帶著《朵朵小語2》，做一個舒服的夢吧。而，明天的你將微笑著醒來。

美麗田037

猛趣味

松山猛⊙著　郭清華⊙譯　定價$250元

相不相信一對手套，可以讓人更有氣質。下雨天的時候，你有一雙雨鞋嗎？可以陪你度過漫長的雨季和下雨的日子。Polo衫是一種可以享受穿著樂趣的衣服。行李箱，是一種收藏記憶的裝備。好東西一個人不獨享，日本享樂品味專家，松山猛的《猛趣味》，告訴你享受人生寶物的最高境界！擁有品味，就從《猛趣味》開始。

美麗田038

乘瘋破浪

曾玲⊙著　定價$190元

新書《乘瘋破浪》，持續曾玲的一貫幽默作風，英國籍的保羅船長這次在狂風暴雨中不小心竟大跳「猛男秀」，一向不服輸的曾玲學習駕駛橡皮小艇，竟發生了狂飆海上的驚奇事件，發揚了台灣女孩的天不怕地不怕的英雌本色，海上旅行有苦有甜全讓曾玲給碰上了！名作家侯文詠幽默推薦！

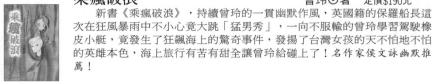

智慧田系列

智慧田 001

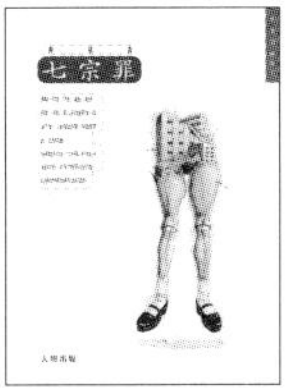

七宗罪

◎黃碧雲　定價$200元

懶惰、忿怒、好欲、饕餮、驕傲、貪婪、妒忌，是人的心靈蒸發、肉身下墜，人對自己放棄，向命運屈膝，是故有罪。

黃碧雲的小說《七宗罪》在世紀末倒數之際，向我們標示人的位置，狂暴世界裡僥倖存活的溫柔……

南方朔、楊照、平路聯合推薦

智慧田 002

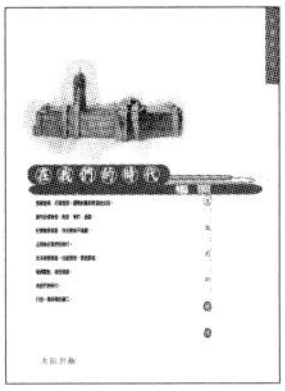

在我們的時代

◎楊照　定價$220元

懷著激情、充滿理想，凝聚挑戰和希望的此刻，擁有各種聲音、影像、事件、話題，記憶變得短暫，存在變得不連續。

正因為在我們的時代，未來被夢想著，也被發現，更被創造。楊照觀點、感性理解，為我們的時代，打造一扇幸福的窗口。

智慧田 003

時習易

◎劉君祖　定價$200元

時局這麼亂，李登輝總統的易經老師劉君祖在想些什麼？時習易，亂世中的解決之道、混沌中的清晰思維，用中國古老的智慧，看出時局變化，世界正在巨變，而我們不能一無所知！本書教我們找到亂世生存的智慧密碼。

智慧田 004

語言是我們的居所

◎南方朔　定價$250元

正因為語言是我們無法逃避的現實和記憶，所以語言是我們的居所。這是一本豐富之書，書中有大量並可貴的知識；這是一本有趣之書，書中有鮮活的事例與源流典故；這是一本詩意之書，智慧照耀了人性幽微之處；這是一本炫耀之書，因為閱讀的確讓我們和別人不同。

*《語言是我們的居所》*揭開了漢人潛在的心理機制與文明暗流，藉由語言去體會了生命無盡藏的奧祕……

智慧田系列

智慧田 009

童女之舞　　◎曹麗娟　定價$160元

當年白衣黑裙的鈴瑺笑聲，十六歲女孩的熱與光，當年被父親亂棒斥逐，無所掩藏，無所遁逃的洪荒情慾。曹麗娟十五年來第一本短篇小說，教你發燙狂舞！愛情在苦難中得以繼續感人至深！

李昂、張小虹等名家聯合眞誠推薦

智慧田 010

情慾微物論　　◎張小虹　定價$220元

從電子花車到針孔攝影機，台灣人愛看；從飆車到國會打架，台灣人愛拼。呈現台灣情慾文化的衆生百態，是文化研究與通俗議題結合的漂亮出擊，革命尚未成功，情慾無所不在！

智慧田 011

語言是我們的星圖　　◎南方朔　定價$250元

語言可以說成許多譬喻：它是人的居所、是鐫刻著故事的寓言書；也可以視爲一張地圖，或標示思想天空的星圖。

我們走過的、我們知道的，以及我們還不知道的，都在其中。而我們自己就是那個繪圖的人。但願被繪的星圖能精確的反映出星光燦爛，而不是心靈宇航時會迷途的惡劣天空。

智慧田 012

烈女圖　　◎黃碧雲　定價$250元

從一種世紀初的殘酷，到世紀末的狂歡，香港女子的百年故事，一切都指向孤寂，和空無，不論是重於泰山，或輕於鴻毛，也許是一個被賣出家門，再憑一把手槍出走的童養媳；也許是一個成衣工廠車衣，償還父親賭債的女工；也許是一個恣意遊走在諸男子間的女大學生；烈女無族無譜，是以黃碧雲寫下這本《烈女圖》，宛若世界的惡意之下，女人的命運之書。

智慧田系列

智慧田 017

從今而後

◎鍾文音　定價$220元

書寫一介女子的情愛轉折，繁複而細膩的書寫，烘托出愛情行走的荒涼路徑，全書時而悲傷、時而愉悅，不斷纏繞在戀人間的問答承諾，把我們帶進一個看似絕望，卻仍保有一線光亮的境地，從今而後浪跡的情愛，有了終究的歸屬。

智慧田 018

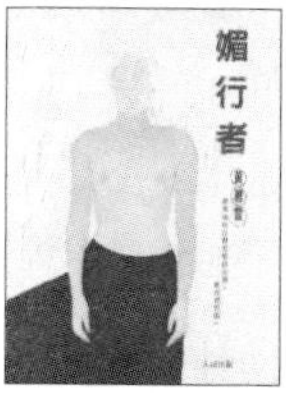

媚行者

◎黃碧雲　定價$220元

《媚行者》寫自由、戰爭、受傷、痛楚、失去和存在、破碎與完整。失憶者尋找遺忘的自身，過往歷歷無從安頓現刻；飛行員失去左腳，生之幻痛長久而完全，生命仍如常繼續；革命份子，張狂自由接近毀滅……當細小而微弱的肉身之軀，搏鬥著靈魂存在的慾望、愉悅，命運枷鎖成了最永遠而持續的對抗。

智慧田 019

有鹿哀愁

◎許悔之　定價$200元

詩人呈現給我們的感官美學，從初稿，二稿、三稿，乃至定篇成詩的編排裡，讀出詩人對神思幻化的演繹過程，也映照我們內在悲喜而即而離的心思。把詩裝置起來，竟見到詩人在世事的每一個角落裡，吟謳細緻的溫柔，如此情思動人。

詩人楊牧專序推薦

智慧田 020

剎那之眼

◎張　讓　定價$200元

《剎那之眼》持續張讓一向微觀與天問的風格，篇幅或長短或輕重，節奏情調不一，有高濃度的散文詩，有鋒利的詰問，有痛切的抒情，也有戲謔的諷刺，而不論白描或萃取，都單鋒直入，把握本質。

智慧田 021

語言是我們的海洋

◎南方朔　定價$250元

南方朔先生的「語言之書」已經堂堂邁入第三冊，在浩瀚廣闊的語言大洋中，他把「語言」的面貌提出宏觀性的探討，我們身邊所熟知的流行語、口頭禪：「小氣鬼」、「耍帥」、「格格」、「落跑」、「象牙塔」、「斯文」等等，南方朔先生亦抽絲剝繭、上下古今，道出語言豐碩的歷史與文化價值。

智慧田系列

智慧田 022

鯨少年　◎蔡逸君　定價$200元

《鯨少年》創想於九六年，靈感來自一份零售報紙的贈品——一張錄製鯨群歌唱的CD。小說細細密密鋪排出鯨群的想望與呼息，在大洋中的掙扎搏鬥、情愛發生，書寫者時而以詩歌描繪出鯨群廣闊嘹亮的豐富生氣，時而以文字場景帶領我們墜入了寂寞的想像之島，如今作品完成鯨群遠走，人的心也跟著釋放，一切在艱難之後，安靜而堅定。

智慧田 023

想念　◎愛亞　定價$190元

《想念》透過時間的刻痕，在文字裡搜尋及嗅聞著一點點懷舊的溫度，暖和而溫馨，寫少年懵懂，白衣黑裙的歲月往事；寫「跑台北」的時髦娛樂，乘坐兩元五毛錢的公路局，怎樣穿梭重慶南路的書海、中華路的戲鞋、萬華龍山寺、延平北路……在緩慢悠然的訴說中，我們好像飛行在昏黃的記憶裡，慢慢想念起自己的曾經……

智慧田 024

秋涼出走　◎愛亞　定價$200元

《秋涼出走》，原刊登於中國時報人間副刊「三少四壯集」專欄，內容雖環繞旅行情事種種，但更多部份道出人與人因有所出走移動，繼而產生情感，不論物件輕重與行旅遠近，即使小至草木涼風、街巷陽光、路旁過客，經由緩慢閒適的觀看，身心視野依然會有意想不到的豐富體會。

智慧田 025

疾病的隱喻　蘇珊・桑塔格◎著　刁筱華◎譯　定價$220元

翻開疾病的歷史，我們發現疾病被眾多隱喻所糾纏，隱喻讓疾病本身得到了被理解的鑰匙，卻也對疾病產生了誤解、偏見、歧視，病人連帶成為歧視下的受害者。蘇珊・桑塔格讓我們脫離對疾病的幻想，還原結核病、癌症、愛滋病的眞實面貌，使我們展開對疾病的另一種思考。疾病是我們生命組成的一部分，唯有正視它、理解它，生命才有另一種超越的可能。

你如何購買大田出版的書？

這裡提供你幾種購書方式，讓你更方便擁有一本眞正的好書。

一、書店購買方式：

你可以直接到全省的連鎖書店或地方書店購買，而當你在書店找不到我們的書時，請大膽地向店員詢問！

二、信用卡訂閱方式：

你也可以塡妥「信用卡訂購單」傳眞到 04-3597123（信用卡訂購單索取專線 04-3595819 轉 230）

三、郵政劃撥方式：

帳戶：知己實業股份有限公司　帳號：15060393
通訊欄上請塡妥叢書編號、書名、定價、總金額。

四、通信購書方式：

塡妥訂購人的資料，連同支票一起寄到台中市407工業30路1號知己實業股份有限公司收。

五、購書折扣優惠：

購買兩本以上九折優待，十本以上八折優待，若需掛號請付掛號費30元。（我們將在接到訂購單後立即處理，你可以在一星期之內收到書。）

六、購書詢問：

非常感謝你對大田出版社的支持，如果有任何購書上的疑問請你直接打服務專線 04-3595819 或傳眞 04-3597123 ，以及 Email:itmt@ms55.hinet.net 我們將有專人爲你提供完善的服務。

大田出版社天天陪你一起讀好書！

國家圖書館出版品預行編目資料

櫻花寓言／新井一二三著；－－初版.－－台北市：
大田，民90
面；　公分.－－（美麗田；39）
ISBN 957-583-944-7(平裝)

861.6　　89017110

美麗田 039

櫻花寓言

作者：新井一二三
發行人：吳怡芬
出版者：大田出版有限公司
台北市106羅斯福路二段79號4樓之9
E-mail:titan3@ms22.hinet.net
http://www.titan3.com.tw
編輯部專線（02）23696315
傳眞（02）23691275
【如果您對本書或本出版公司有任何意見，歡迎來電】
行政院新聞局版台業字第397號
法律顧問：甘龍強律師

總編輯：莊培園
主編：蔡鳳儀
企劃統籌：胡弘一
校對：詹宜蓁/呂佳眞/耿立予/新井一二三
美術設計：LEO Design

印刷：耀隆印刷事業股份有限公司
初版：二〇〇一年（民90）一月三十日
二〇〇三年（民92）六月三十日　三刷
定價：200 元

總經銷：知己實業股份有限公司
（台北公司）台北市106羅斯福路二段79號4樓之9
TEL:(02)23672044・23672047　FAX:(02)23635741
郵政劃撥：15060393
（台中公司）台中市407工業30路1號
TEL:(04)23595819　FAX:(04)23595493

國際書碼：ISBN 957-583-944-7/ CIP:861.6　89017110
Printed in Taiwan

廣	告	回	郵
北區郵政管理局登			
記證北台字11049號			
免	貼	郵	票

大田出版有限公司　編輯部收

地址：台北市106羅斯福路二段79號4樓之9

電話：（02）23696315-6　傳真：（02）23691275

E-mail：titan3@ms22.hinet.net

地址：

姓名：

TITAN
大田出版

智　慧　與　美　麗　的　許　諾　之　地

閱讀是享樂的原貌，
閱讀是隨時隨地可以展開的精神冒險。
因爲你發現了這本書，所以你閱讀了。
我們相信你，肯定有許多想法、感受！

讀 者 回 函

你可能是各種年齡、各種職業、各種學校、各種收入的代表，
這些社會身分雖然不重要，但是，我們希望在下一本書中也能找到你。

名字/＿＿＿＿＿＿＿＿ 性別/□女□男 出生/　　年　　月　　日

教育程度/＿＿＿＿＿ 職業/＿＿＿＿＿＿ 年收入/＿＿＿＿＿＿

聯絡地址/＿＿＿＿＿＿＿＿＿＿＿＿＿＿電話/＿＿＿＿＿＿

郵遞區號 □□□ E-mail: ＿＿＿＿＿＿＿＿＿＿＿＿＿＿

你如何發現這本書的？　你買的書名是＿＿＿＿＿＿＿＿

□書店閒逛時＿＿＿＿書店 □不小心翻到報紙廣告（哪一個報？）＿＿＿＿

□朋友的男朋友（女朋友）灑狗血推薦 □聽到DJ在介紹＿＿＿＿＿＿

□其他各種可能性，是編輯沒想到的＿＿＿＿＿＿＿＿＿＿

你或許常常愛上新的咖啡廣告、新的偶像明星、新的衣服、新的香水……

但是，你怎麼愛上一本新書的？

□我覺得還滿便宜的啦！ □我被內容感動 □我對本書作者的作品有蒐集癖

□我最喜歡有贈品的書 □老實講「貴出版社」的整體包裝還滿 High 的 □以上皆非

□可能還有其他說法，請告訴我們你的說法

＿＿＿＿＿＿＿＿＿＿＿＿＿＿＿＿＿＿＿＿＿＿＿＿

＿＿＿＿＿＿＿＿＿＿＿＿＿＿＿＿＿＿＿＿＿＿＿＿

一切的對談，都希望能夠彼此了解，否則溝通便無意義。
當然，如果你不把意見寄回來，我們也沒「轍」！
但是，都已經這樣掏心掏肺了，你還在猶豫什麼呢？

請說出對本書的其他意見：＿＿＿＿＿＿＿＿＿＿＿＿＿＿

＿＿＿＿＿＿＿＿＿＿＿＿＿＿＿＿＿＿＿＿＿＿＿＿

大田出版有限公司編輯部 感謝您！